三日月書版

三日月書版

Author
馥閒庭
Illust
Cola Chen
地府犯罪調查中心
2
2nd case 為你好

楊雅晴

年齡：21歲
興趣：烹飪、跆拳道
職稱：實習生

盛師大學三年級。
個性溫和知性、會為他人著想。
小時候曾經發過高燒，之後遺失部分的記憶。能看到鬼魂，誤打誤撞進入地府犯罪調查中心當實習生。

Underworld Criminal Investigation Bureau

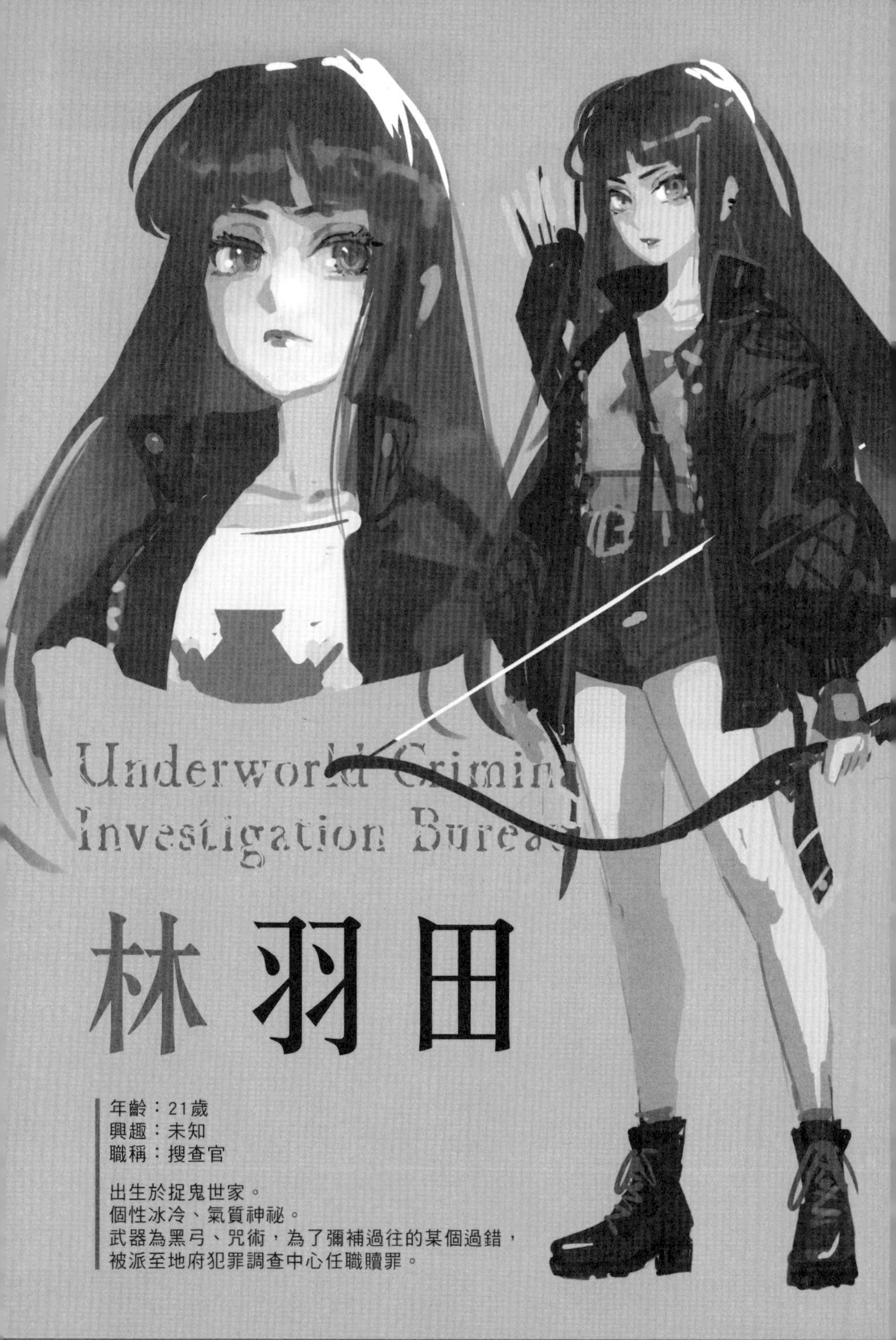

林羽田

年齡：21歲
興趣：未知
職稱：搜查官

出生於捉鬼世家。
個性冰冷、氣質神祕。
武器為黑弓、咒術，為了彌補過往的某個過錯，
被派至地府犯罪調查中心任職贖罪。

本集登場人物

地府犯罪調查中心

林羽田
地府犯罪調查中心搜查官。

楊雅晴
盛師大學四年級生，地府犯罪調查中心職員。

特林沙
地府犯罪調查中心負責人，真實身分為閻魔。

愛妮莎
地府犯罪調查中心職員，饕餮幼兒？

Pink
地府犯罪調查中心職員，青丘狐妖。

多恩
地府犯罪調查中心驗屍官，報喪女妖的後代。

內向者社團

蛋捲
社團旅遊的導遊。

高文樹
內向高敏研究社社長，常組織社團外出旅遊。

蔡柏婷
蔡羅慈之女，個性內向畏縮。

蔡羅慈
蔡柏婷之母，曾是公職人員，現已退休。

趙問言
旅行團中唯一不像內向者的人，參加旅遊團另有目的？

目錄

Underworld Criminal Investigation Bureau

插曲　平安夜

『平安夜，聖善夜！萬暗中，光華射，照著聖母也照著聖嬰……』

臨近聖誕節，除了最有名的〈We wish you a Merry Christmas〉，這首〈平安夜〉也經常在大街小巷聽到。

楊雅晴蓋上手上的資料夾，長嘆一口氣，像要吐出近日來的壓抑。

「終於完成了！」

她看著自己整理好的厚厚一疊報告，最後放上特林沙簽好、封存的文件，在紙上寫好標籤，然後貼到資料夾上。這是她加入地府犯罪調查中心後的第一個案件，她在資料夾上將這個事件命名為「請詭」，之後放到櫃子上。

來到下班時間，她起身收拾好座位，在離開辦公室前關上電燈。

電燈關上的瞬間，像是將眼睛閉上，所有不安跟恐懼都暫時停息。她揹著包包追上同事，搭上電梯，跟他們一起下班。

週六放假，楊雅晴站在街上。

「……忽然看見了天上光華，聽見天軍唱哈利路亞……」

楊雅晴走在街頭，聽著柔美的曲調跟著輕哼，整個人輕快了不少。她還把這首歌設為鈴聲，算是聖誕節的應景。

站在街邊看著熱鬧的人潮，空氣中飄來小吃的味道，如此平凡的景象讓她覺得美好，因為她只要想到上次可怕的同學會，就覺得平安就是福。

上次事件結束後，特林沙拿出一份工作合約，放到楊雅晴面前，『我之後還有很多報告要聽妳說喔！』

因此楊雅晴打算繼續在調查中心實習。雖然她很怕那些黑色的鬼氣，可是那裡有個她很在乎的人……

「雅晴！」

一個漂亮的長髮女生走過來，楊雅晴對她揮手。

不綁馬尾時放下來的長髮如同黑瀑，圍著圍巾的她有一張晶瑩的小臉，身高只比自己矮一些，穿著黑大衣、黑長褲跟靴子。幸好，她很有常識地配了一件淺色的長版襯衫，才沒被人懷疑是剛參加完喪禮。

這個女生現在是她打工處的同事，雖然是同歲，但她已經在國外修完了大學的課程。

「羽田！」

林羽田走到她面前，漂亮的朱唇微啟：「走吧。」

「好，走吧。」

楊雅晴想表現得自然一些，說出口的話卻顯得慌亂。

而林羽田看似有些冷漠，但是面對楊雅晴時，卻有些嬌嗔的味道。可惜楊雅晴沒有馬上發現，她停下來等林羽田走到身邊，今天兩人約好要一起去逛街。

林羽田看著楊雅晴。今天楊雅晴穿著牛仔褲、厚外套跟圍巾，戴著毛帽，看起來有些隨興，但一百七十三公分的她比一百六十五公分的自己要高一些，有種女生的英嫵。

兩人並肩走在街上時，她看到旁邊的女生勾著自己的閨密。

她放在口袋裡的手握緊又放開，想更貼近楊雅晴，卻擔心她會不會其實不喜歡自己？

而楊雅晴看著街上的商店，分神地想，她們工作的地方叫「地府犯罪調查中心」，不但非常詭異，用老闆特林沙的話來說，她們服務的對象甚至不是人界，而是閻羅殿的外包單位！

經歷高中同學召喚碟仙，最後她狼狽地逃出生天後，楊雅晴之所以還是決定在這裡實習，也是因為這裡有個她在乎的人。

那次事件除了讓她了解到這個世界上有很多人有異能之外，還想謝謝林羽田在泳池救了她。

「那個……妳這次怎麼會約我？」

林羽田其實想問得更婉轉，但說出口時卻驕傲得不行。

幸好楊雅晴根本沒有發現，只是微笑地看著她說：「因為之前發生的事情，我想要謝謝妳。」

因為林羽田救過自己，楊雅晴想買個禮物送她。

「喔！那、那買吧！」林羽田講完就後悔了。她的舌頭到底發生了什麼事，這是什麼高傲的語氣？

不過楊雅晴並不在乎，走在街上，她一邊觀察著林羽田會喜歡什麼。

「走這邊。」楊雅晴挽著林羽田的手，讓林羽田跟著自己走並細聲解釋：「人太多了。」

林羽田點頭，「嗯。」

她牽著楊雅晴的手，覺得有點開心又有點不安。明明很多女生都會這樣摟摟抱抱，我們這樣很正常吧？

『……多少慈祥也多少天真，靜享天賜安眠……』

可愛的歌聲伴隨兩人走在街上，楊雅晴突然看到一個吊飾。那是情侶款的手機吊飾，上面的蝴蝶非常漂亮，讓人忍不住拿起來端詳。

單片的蝴蝶翅膀吊飾就很好看了，如果買兩個，就更像一隻完整的蝴蝶。如果她跟林羽田一人一個，是不是會有些情侶的味道？

楊雅晴還在想這樣會不會太曖昧，林羽田卻看著她旁邊的一把鑰匙，非常華麗、頗有巴洛克的風格，上面鑲滿了紅色的寶石。

「妳喜歡這個？」楊雅晴問。

「還好，只是覺得造型好真實。」

她總覺得這把鑰匙還有著什麼，那上面的鏽跡跟磨損，就好像這把鑰匙是真的能打開什麼東西。

一旁的老闆娘湊過來笑說：「兩個小姐都好漂亮，這個我算妳一百塊，如何？」

林羽田想了想後點頭，拿出錢包，打算順便把楊雅晴在看的吊飾一併買下，但楊雅晴搶道：

「噯！那個我來付。」

「老闆娘我慶祝聖誕節，給妳們打折。來，包好了！」老闆娘迅速包好後笑著說。

楊雅晴看著老闆娘樂開花的模樣，只覺得奇怪。她看旁邊的標價，幾乎是打對折了。不過她沒多說什麼，接過包好的吊飾並結帳。

算了，有買到就好。

楊雅晴跟林羽田走到外面，她把包裝打開，將林羽田看中的鑰匙遞過去，還有那個蝴蝶翅膀的吊飾。

「給妳。」楊雅晴遲疑了一下說：「謝謝妳救了我。」

「不會。」

林羽田接過吊飾。雖然很高興楊雅晴送她東西，但是她現在更好奇那把鑰匙。

兩人相偕離開後，老闆娘目送她們直到看不見她們的身影時，突然回過神，看著自己攤子上的商品空位，感到奇怪。

──我剛剛怎麼了？好像急著把那個鑰匙吊飾送出去了？

她心疼地點著帳本，發現自己剛剛做了一次賠錢買賣，又想到剛剛詭異的感覺。

「唉，算了，財去人安樂！」她細聲安慰自己。

兩人到附近的廣場，楊雅晴笑著說：「羽田，那個老闆娘好熱情喔！」

「嗯，因為這東西不乾淨。」

「啊？」

楊雅晴愣住，不乾淨是指沒有洗過嗎？

林羽田也疑惑地看著楊雅晴。她沒注意到自己的行為嗎？剛剛她幾乎是立刻把包裝拆開，把鑰匙跟那兩個吊飾分開，而且隔著紙拿鑰匙時，像在拿什麼穢物。

大概是天性的直覺，讓她不想碰那個鑰匙。

「走吧！回調查中心，這東西恐怕有什麼。」林羽田轉身，準備回調查中心查驗這把鑰匙。

「咦？」楊雅晴有些嚇到，「這麼快？可是我們才逛一下下耶！」

「妳要買的東西還沒買到？」

「是有啦……」楊雅晴愣愣地說，心裡還是有點不捨。

這是難得一起出門逛街的時光耶！楊雅晴看著林羽田漂亮的身影嘟起嘴，雖然有在人群中靠近了一點，但也只有短短幾秒啊……

林羽田，妳這個討厭鬼！

但不管她在心裡怎麼喊，楊雅晴還是跟著林羽田回到調查中心，跟其他同事一起調查這把鑰匙。

※

回到調查中心，兩人才剛踏進去，愛妮莎就靠過來說：「妳們帶了什麼啊？」

她拿著很像感溫槍的東西，但楊雅晴看到槍上的圖示，就覺得那不是普通的感溫槍，不知道上頭又裝了什麼。

「BOSS，這是剛剛遇到的。」林羽田拿出那把鑰匙。

看到林羽田手上的鑰匙，特林沙帶著謎樣的微笑說：

「這是很特別的案子，看來妳們要參加了。」

她拉開抽屜拿出一條鍊子交給林羽田，讓她把鑰匙串起來戴著。

「是。」

林羽田收到指示，回頭時看了多恩一眼。剛剛她沒有任何預言，這趟應該沒事吧？

「記得，找到自己的信仰，就能找到路。」特林沙對林羽田笑道。

看著特林沙，林羽田卻有些迷惑。她雖然有修練，卻沒有固定的主神，那她的信仰是誰？

特林沙像是能聽到她的困惑，笑說：「有時候愛情，也算一種信仰喔！」

林羽田看向遠處的楊雅晴。楊雅晴正看著愛妮莎遞來的邀請函，上面以娟秀的字體寫著：

『**敬邀　楊雅晴、林羽田　小姐，參加平安夜特別企畫活動。**』

下面是時間跟地址，還註明有附餐酒，餐後還有小遊戲，歡迎熱情參與。

「不知道是什麼小遊戲，羽田……嗯？」

楊雅晴想詢問林羽田的意見，轉頭往她的方向看，卻見到林羽田看了眼手上的鑰匙吊飾。

「總之，妳們就去參加遊戲吧！」特林沙帶著神祕的微笑目送兩人。

※

她們兩人搭車，一起前往約定好的地點。

那是一棟別墅。她們走下車，楊雅晴還是厚外套加牛仔褲，林羽田也是長版大衣跟靴子。

「妳會不會冷啊？」楊雅晴問。

她看著林羽田單薄的身影，有些擔心。

林羽田搖頭，「不會。」

臺灣其實不算太冷，而現在也才晚上七點多。

別墅亮著燈，楊雅晴把一個包好的禮物遞給她，「給妳。」

「這是？」

「就是除了吊飾，我還想謝謝妳，裡面……」

「喔！謝謝。」

楊雅晴臉紅著想要說下去，但是還沒說完，別墅的門開了。想到有人會上前迎接，林羽田快速把東西收下，轉向門口。

兩人走進別墅，來迎接她們的只有一個人。

「嗨！我是主辦人戴餘痕！」

一個穿著暗紅色襯衫的男生走來。戴餘痕看到她們拿著的邀請函笑說：

「妳們就是我們的特別嘉賓吧？」

我們的？

聽到戴餘痕這麼說，楊雅晴有些疑惑，但還是有禮地問：「請問我們認識嗎？」

她很確定自己不認識這個人，為什麼會收到邀請函呢？

「我們每年在平安夜的派對上，都會隨機邀人參加遊戲，就算是有緣相遇。這樣很好玩，不是嗎？」戴餘痕笑說，把她們領進派對裡，「來、來，我為妳們介紹其他人！」

走進餐廳，有五男五女坐在一張長桌前。就是西方貴族電影裡的用餐長桌，還很應景地點上蠟燭，配上周圍的聖誕節裝飾，楊雅晴一瞬間以為自己跑到國外過節了。

「從男生這邊開始。這是韓齊寺，他是韓國留學生喔！」戴餘痕笑道。

一個穿著白色T恤的男大學生對兩人點頭，他盯著林羽田，露出滿意的表情。

戴餘痕：「這是林彥晢，是我在網路上認識的，綽號叫厭世。」

一位戴著眼鏡，穿著襯衫的斯文男生不高興地說：「別這樣洩我的底好嗎？」

另一邊有三個男生，戴餘痕指著其中一個，「這是金林焚先生跟曾海洛，還有我弟戴餘空，我們是雙胞胎喔！」

叫戴餘空的男生穿著黑色的襯衫，跟穿著深紅襯衫的戴餘痕站在一起，確實很像。

金林焚倒是年紀有些大，他穿著俗稱吊嘎仔的白背心，可能是屋內有開暖氣的關係，他似乎不冷。另一位曾海洛則是金髮外國人，頗有外國留學生的味道。

這些人的年齡、興趣、身分各異，同時出現在這個宴會上倒是有些奇怪。

「妳覺得我們很奇怪，對嗎？」戴餘痕似乎知道楊雅晴的想法，他笑說：「我們看起來像沒有交集，但其實不是喔！其實我們今天是為了……小美舉辦的。」

戴餘痕講到這裡，有些難過地眼眶泛紅，「小美是我們的朋友，她最喜歡玩沙丁魚遊戲，可惜她……出了車禍。」

「沙丁魚遊戲？」楊雅晴帶著疑問重複道。

一旁的金林焚操著臺語說：「對啦。不用管他，他是小美的哥哥，先吃飯啦！」

接著他看著林羽田，笑出一口有菸垢的牙，「小姐，跟我坐啦！」

林羽田臉上只掛著客氣的笑，眼神卻沒在他的身上。她摟著楊雅晴的手臂，一言不發。

楊雅晴看著林羽田心想，看來她今天是打開製冰機了，社交的部分恐怕又要由自己負責，雖然她也不太喜歡那幾個男生打量林羽田的模樣。

楊雅晴看向一旁的女生，友善地問：「那這幾位是？」

兩個白領族打扮的女生看著她們，「我叫阮蓮婕，她叫語遲，是小美的同事。」

郭語遲提到小美，像是有些感傷，「小美對我們很好……」

一旁有個高中生模樣的女生不高興地吹著泡泡糖，戴著耳機，似乎沒打算理她們。

坐在她旁邊，一個阿姨模樣的女人不好意思地說：「我是小美的阿姨啦！做人矜持的金玉池，妳們可以喊我玉池。這是小美她妹妹，戴里莎！來，跟姊姊們打招呼。」金玉池推了一下里莎。

戴里莎還穿著制服，斜眼看著她們叛逆地問：「妳們想死嗎？」

「妳真沒禮貌！」

還有一個坐在輪椅上的女生，她腿上蓋著毯子，似乎是受傷了，還有著濃重的血味跟藥味。

「妳好，我叫施明娟。」她看著兩人，「妳們呢？怎麼稱呼？」

「我是雅晴，她是羽田。」

楊雅晴自我介紹後，拉著林羽田入坐，一起用餐。

「對了，到底什麼是沙丁魚遊戲？」楊雅晴好奇地問。

「就是類似躲貓貓的遊戲，就像曾在電視上播的《九號祕事》。妳們都不看英劇嗎？」曾海洛笑道。一頭刻意染的金色頭髮讓他看起來很輕浮。

阮蓮婕瞪了他一眼，細聲提醒：「給餘痕解釋啦！你都亂帶話題。」

接著，阮蓮婕把點心拿給曾海洛。兩人手上有相似的幸運繩，似乎是情侶的關係。

一旁的戴餘痕看著他們，笑著補充：「沙丁魚遊戲，其實就是躲貓貓遊戲的變體。」

戴里莎輕哼了一聲。

戴餘痕看著楊雅晴續道：「規則很簡單，一開始先由第一個人去躲，然後第二個人去找，找到就跟著躲，直到最後一個人找到為止。」

「那不就要找一個很大的空間？」楊雅晴問。

「對啊！」戴餘痕笑道：「所以第一個人是誰、選哪裡很重要！」

明明是很友善的臉，楊雅晴卻覺得他的表情中滲了一些邪魅的感覺，讓她有些不安。

「怎麼？不敢玩？」戴里莎挑戰似的看著楊雅晴，「不敢玩就滾。」

戴餘痕低聲說：「里莎！不可以對客人無禮。」

他似乎很有威嚴，因此戴里莎沒有再說什麼，只是不爽地把臉別向旁邊。

聽起來是沒有什麼危險性。楊雅晴看著一旁的林羽田，她已經把手機的吊飾換上了。

「妳打開禮物了？」楊雅晴有些緊張，那裡面的卡片她看了嗎？

林羽田看到楊雅晴緊張的模樣，說：「妳都送我了，我可以決定要怎麼用。」

楊雅晴紅著臉，也把自己的吊飾掛上。

大部分的人都已經用餐完畢時，戴餘痕帶他們移動到客廳抽籤，準備開始玩遊戲。

每個人都抽了一支竹籤，上面有貼紙寫著號碼，那就是他們的順序。

楊雅晴看著自己的籤，對林羽田說：「我是第二，而妳是最後。」

林羽田點頭後有些欲言又止，但她看著楊雅晴的樣子，最後還是選擇沉默不語。

第一個人是戴里莎，就是那個臭臉的高中女生。她出發後過了二十分鐘，輪到楊雅晴。她走上樓梯，經過華麗的吊燈時往下看，包括林羽田在內，有十人在大廳等著。

林羽田似乎也感應到她的視線，抬頭與她對視，揮手時手機上的蝴蝶閃爍著光芒。

想到那是一對的吊飾，楊雅晴有些臉紅。

剛剛用餐的餐廳跟抽籤的客廳是在一樓，她快走到二樓時看到了林彥晢——那個有些斯文的中年男性。

「妳們是一對嗎？」林彥晢抽著菸問。

他指的是楊雅晴跟林羽田。

楊雅晴不太喜歡菸味，準備繞過林彥晢，但是林彥晢又問：「當女同志很累吧！家人反對什麼的……會想死嗎？」

關你屁事啊！楊雅晴有些不高興，冷著聲音說：「借過。」

「妳不想死嗎？說不定死了，家人就沒辦法阻止妳們在一起喔！」林彥誓還在慫恿楊雅晴。

——**都死了，誰能保證會在一起？**

楊雅晴口氣不好地說：「我們只是朋友。」

她被林彥誓的話刺激到，急於撇清跟林羽田的關係。

她們只是朋友，就算自己對她……她們也只是朋友。

「喔！」林彥誓笑了一聲，沒有繼續追問，看著楊雅晴的眼神在三樓樓梯口遊移，似乎不知道該去哪裡找人。

他吸了一口菸，看著大廳的戴餘痕。後者看過來的眼神帶著陰暗，他卻回以挑戰的笑。

「對了，妳有推特嗎？」林彥誓笑說：「有的話，加個好友吧！」

「抱歉，我要先走了。」

楊雅晴走上樓去。

她逛過整個三樓，都沒有戴里莎的身影。楊雅晴思考著這層樓還有哪個地方沒搜到，接著又回到二樓。

二樓被分成三等份，前中後分別是客房、主人房、書房。她巡了一圈，發現沒有什麼地方可以塞下十個人。幸好林彥誓已經走了，她想著要從哪個房間開始找，卻聽到有細細的聲音傳來，是女生的歌唱聲，似乎就是那個戴里莎的聲音。

「平安夜，聖善夜！牧羊人，在曠野……」

她循著聲音，找到了二樓的主人房。打開門，映入眼簾的是華麗的床，上頭是頗有公主風的巴洛克式花紋，從天花板還有紗帳垂下，看起來非常富麗堂皇。

床的左邊是一大排衣櫃，右邊則是浴室跟廁所。

她走到靠牆的衣櫃前，確定聲音就是從這裡傳來的，楊雅晴打開衣櫃門，找到了躲在衣櫃裡，穿著制服哼歌的戴里莎。這個衣櫃裡沒有任何抽屜，所以只能站著。

「找到了！」楊雅晴大喊，她以為是要讓下一個人知道自己的位置。

「噓！」戴里莎把楊雅晴拉進衣櫃關上門，在黑暗中問：「妳不懂遊戲規則嗎？」

楊雅晴確實不懂，她搖頭看著戴里莎說：「不太懂。」

「我們要在這裡躲著，直到最後一個人找到我們為止。」戴里莎說得簡單明瞭。

「可是這裡很小。」

這裡塞了她們兩個之後，衣櫃就沒有什麼空間了。

「這裡一整面牆都是衣櫃，只是用輕隔板隔開了。」

楊雅晴點頭表示了解，所以這整面牆都是可以躲的地方。

「對了，妳是小美的妹妹？」楊雅晴問。

「對啊！」

或許是衣櫃的黑暗讓人放下戒心，楊雅晴跟戴里莎在衣櫃聊了起來，「為什麼妳的名字有點日本的味道？」

「因為我是臺日混血，我是小美的繼妹。」
「所以妳們是同父異母？」
「對啊。」
「妳姊的全名是什麼？」小美是綽號吧？
「她叫戴直美，可是她很討厭別人叫她的全名。但妳們年紀差不多大，妳叫她小美就好。」
「對了，剛才有個人竟然問我想不想死……他對第一次見面的人都這麼直接嗎？」
楊雅晴想起在外面遇到的林彥誓。
「因為小美想死……」
不曉得是不是在黑暗中聽覺特別靈敏的關係，楊雅晴總覺得戴里莎有些憂鬱。
「為什麼？小美是個怎樣的人啊？」楊雅晴好奇地問。
「我姊姊很叛逆，而且她的車禍根本就不是……」
戴里莎似乎想說什麼，卻突然安靜下來。
過了一會兒，有腳步聲走進來，衣櫃門被打開了。
開門的人是金玉池。她大概四十幾歲，微笑著說：「就知道妳們躲在這裡！」
這時候樓下似乎有什麼說話聲，她趕緊也躲進去，跟她們擠在一起。
三個女生就這樣待在一個空間裡，刺鼻的香水味不斷從金玉池身上傳來。
「玉池姨，妳的香水噴太濃了啦！」戴里莎不高興地說，並推開衣櫃門跑出去，「我要去另一邊躲。」

楊雅晴回想起剛剛看到的金玉池，其實她滿漂亮的，雖然四十歲，但是身材還可以，頗有電視上說的美魔女的味道。

感覺到楊雅晴在看她，金玉池笑說：「怎麼了嗎？」

「沒事。阿姨，妳跟小美熟嗎？」

楊雅晴總覺得這個小美好像很重要，畢竟他們辦這個派對就是為了懷念她。

「熟啊！小美很乖啦，而且很努力賺錢。」她想到了什麼，嘆了口氣，「只是有點可惜，她出了那樣的事。妳跟小美個性滿像的，都很有禮貌，要記得喔！出門在外真的……要小心。」金玉池悶悶地說。

「小美是從事什麼樣的工作啊？」楊雅晴問。

「保險啦！妳應該有打過工吧？不過妳不要跟她的兩個同事說這個，她們之前有些財務上的問題，所以很討厭別人問小美的工作。」

金玉池指的兩個同事，就是阮蓮婕跟郭語遲。

楊雅晴點頭，「那小美跟她妹妹處得好嗎？」

楊雅晴沒有姊妹，只有一個弟弟，沒有什麼跟妹妹相處的經驗，但她感覺戴里莎對小美這個人有些隱瞞。

講到戴里莎，金玉池的八卦精神就起來了！

「妳說里莎喔！我跟妳說，妳不要聽她亂講，她一定說自己姊姊很叛逆，對嗎？」

「對。」楊雅晴回應。

透過走廊燈的幽光，她看到金玉池一臉「妳被騙了」的表情說：

「其實是戴里莎動不動就用死去威脅家人，搞得小美的精神很不好。」她神祕兮兮地靠近楊雅晴：「所以後來才會發生那樣的事情！」

楊雅晴總覺得她有點口臭，讓人很不舒服。而且她身上的香水味真的太濃了，讓她有些暈眩，但又不好意思跟金玉池說，只好站遠一些。

「什麼樣的事情？」楊雅晴問。

「就是聽說，她其實有被其他男生……」

金玉池還沒說完，房間的門又被打開了，她們都安靜下來。

聽著腳步聲，楊雅晴有些分心地想：小美到底是一個怎樣的女生？她又被其他人怎麼了？她對小美這個人更好奇了。但當楊雅晴還想細問，腳步聲已經走到衣櫃前了，她只好先壓下疑問，靜觀其變。

這次來的卻是兩個人。

從細小的衣櫃門縫，能見到曾海洛摟著阮蓮婕親密地進來，似乎想要在這隱密的地方做什麼。

兩人在床上親著，眼看衣服都要脫了，楊雅晴還在想要不要出聲阻止，金玉池先咳了一聲。

聽到咳嗽聲，兩人才狼狽地分開。

曾海洛走過來打開衣櫃，看到楊雅晴跟金玉池躲在裡面，訕笑道：「妳們還真的玩啊？不用這麼認真好嗎？」

他懶洋洋地說完，從口袋拿出一小包東西，那個夾鏈袋裡裝有白色的粉末。毒品！

楊雅晴的第一個想法就是，曾海洛持有毒品！

果不其然，曾海洛輕浮地說：「要不要？會很嗨喔！」他的表情已經有些發白，明顯是嗑了藥的狀態。

「死毒蟲。」

一旁的阮蓮婕罵了他一句，只得到他不在意的笑。阮蓮婕妖嬈地走過來，衣服肩帶都掉了，身上還有一些口水印。但她不打算拉好，就這樣衣衫不整地走進衣櫃，「海洛，她們都那麼認真，你要不要一起玩啦？」

「不要！」曾海洛搖頭，「我寧願躺地板。」說完，他還真的躲到床底下。

「哈哈！你就不要等等被拉出來，要是我就捅死你！」阮蓮婕笑說。

「是妳被強姦吧！」

曾海洛淡淡地說出這句，阮蓮婕生氣地瞪著他！

楊雅晴覺得很尷尬，想擠出去，「那個，我去別的地方躲好了！」她不太想靠近阮蓮婕。

一旁的金玉池卻也發難，「我受不了了，我不要跟這個女人一起，丟臉死了。」

她推開衣櫃門，去了隔壁。

「死老太婆！」阮蓮婕低罵了一聲，接著又看著站在一旁的楊雅晴，「不用管她！那女人就喜歡這樣，道德標準像在古代。」說完，她鑽進衣櫃，跟楊雅晴一起躲著。

「呃……妳肩帶要不要拉好？」雖然在黑暗中看不太清楚，但楊雅晴還是提醒。

「喔！抱歉，天氣冷時，我就容易感覺不到身體。」阮蓮婕笑說，順手拉好了肩帶。

楊雅晴卻覺得她的話很怪。

感覺不到身體？是指手腳冰冷之類的嗎？但這樣形容好怪，就像是……這具身體不是她的？

想到這裡，楊雅晴有些發毛，疑惑為什麼自己要來參加這種詭異的宴會？

「妳知道小美是怎麼死的嗎？」

黑暗中，阮蓮婕的聲音傳來，帶著一點誘惑，把楊雅晴的注意力又拉回小美的身上。

「她不是出車禍嗎？」

楊雅晴說出她稍早前得到的資訊，卻只得到一聲冷哼。

「是那個金玉池告訴妳的？」她冷冷地說。

「好像是。」

楊雅晴說完仔細想想，金玉池似乎也沒說小美是怎麼死的。

『出門在外真的……要小心。』

楊雅晴想到金玉池悶悶的聲音，總覺得有些古怪。

這時，阮蓮婕說：「小美是被姦殺的。」

什麼？楊雅晴被這個訊息嚇傻了。

正要說什麼時，一陣濃重的菸味傳來，楊雅晴知道來的人是林彥誓。她跟阮蓮婕在衣櫃都安靜下來，等門打開。

過一會兒，房間內傳出摔打聲，楊雅晴怕會發生什麼事，耳朵靠近櫃門，仔細聽外面的動靜。

「幹！」

一旁的隔間有人罵了一聲，還憤恨地敲了隔間板，似乎是戴里莎的聲音。

楊雅晴打開衣櫃，就看到林彥誓拉著戴里莎走進衣櫃對面的浴室。

——強姦？

楊雅晴繞過床走上前，走進浴室就拉住戴里莎往門口走，卻發現門不知道被誰鎖上了。

「喂！你們搞什麼！」楊雅晴不高興地喊，這些人一個一個都陰陽怪氣的。

「小美，妳不要阻止我！」林彥誓看著楊雅晴說。

兩女一男在浴室門口對峙著。

楊雅晴沒聽清楚，只是習慣性地護在戴里莎面前怒問：「你要幹嘛！」

「沒有啊！不信妳問戴里莎，我能對她幹嘛？」林彥誓冷笑。

「這不關妳的事情！」戴里莎對楊雅晴說完，又對林彥誓吼：「反正早就來不及了！你早就傷害我……姊姊了！」

她看著林彥誓，表情幾乎可以說是憤恨，要是她有刀，恐怕早就在林彥誓身上捅幾刀了。

楊雅晴看著他們，但是三人都出不去，也只能冷靜下來，分坐在浴室的三個角落。

楊雅晴回想著，剛剛戴里莎說話時好像在哪邊停頓了一下，有點奇怪。

這時，楊雅晴的手機卻收到一個加入好友的通知。戴里莎居然加了她好友。

『謝謝妳，雖然有點遲，但妳還是救了我。』戴里莎的訊息寫道。

遲？

楊雅晴心裡疑惑，手上回個貼圖，又道：『**不會啦！**』

兩人就這樣聊了起來。

戴里莎：其實……我姊姊確實是被姦殺的。

楊雅晴：呃……妳都聽見了？

戴里莎：對啊，我在隔壁，阮蓮婕那女人講話很大聲。

楊雅晴：所以是……林彥誓做的？

戴里莎：算是，這裡的男人沒一個好東西。

這時，金林焚打開門走進來說：「幹，我要拉屎！」

看到他開了門，三人趕快走出去，正好遇到走上來的韓齊寺。

由於衣櫃不夠大，戴里莎跟阮蓮婕躲到衣櫃的最邊邊，金玉池跟之後躲進來的郭語遲躲在窗簾後，楊雅晴跟韓齊寺則躲到另一個衣櫃。

林彥誓、金林焚也躲了起來，加上躺在床底下似乎睡死了的曾海洛，這個房間裡已經躲了九個人！

跟韓齊寺一起躲著，楊雅晴有些好奇在他眼裡小美又是怎樣的人。她問眼前這個穿白衣的男生，「請問你跟小美是什麼關係？」

韓齊寺說：「我？我是陪郭語遲來的。」

「所以，你們是男女朋友？」楊雅晴好奇地問。

「不太算，應該是發生過性關係的……砲友吧？」

韓齊寺看著楊雅晴，突然貼近她打量。

韓齊寺滿帥的，他做出韓劇裡壁咚的動作，一般女生恐怕早就臉紅了，但楊雅晴只是警戒地看著他。

韓齊寺將手撐在楊雅晴耳邊說：「比起那位，其實妳也不差，滿漂亮的，還有點小美的樣子，只是她的頭髮比較長一點，難怪里莎妹妹這麼親近妳。」

「嗯……」楊雅晴不知道要回什麼。

「怎麼樣？趁著人多，我們來做吧？很刺激的。」

韓齊寺湊近她的耳邊說，卻沒看到楊雅晴表現出女生應該會有的嬌羞模樣。

——我現在是滿想把你做掉的！

楊雅晴煩躁地想，正當她準備踹人時，金林焚也鑽了進來。

韓齊寺看到金林焚這個大叔擠進來，也失去了興致，縮到一旁滑手機。

金林焚打量著楊雅晴，突然用臺語問：「阿妹！妳認識小美嗎？」

楊雅晴不懂為什麼他們都問自己類似的問題，但也好奇小美……到底是誰？聽說年紀、長相也跟她的年紀差不多。

楊雅晴更關心小美怎麼死亡的，她真的是被姦殺嗎？那凶手又是誰？凶手跟在場的某人有關聯嗎？

楊雅晴戒備地看著周圍的人，他們真的是為了紀念小美而聚在一起的嗎？

「小美她後來……是怎麼死的？」

金林焚冷笑著回答楊雅晴的問題：「就死了啊！可惜來不及處理好。」

所以小美是他殺的？

楊雅晴有些毛骨悚然。

「妳覺得小美是我殺的嗎？」金林焚問。

楊雅晴看著他只覺得很討厭，因為他的眼神中有一種狂氣，像正打算對她做什麼。

「妳怕我？」金林焚更靠近楊雅晴問。

雖然武力上她未必會輸，但楊雅晴還是有些害怕，因為那個人的眼神太具有侵略性了。那是一種權威的感覺，在年齡、社會、地位上的優勢，所以他說的話令人害怕且帶著命令感，就像老闆、長輩說的話，那種被支配的感覺讓楊雅晴內心想要掙扎。

啪！衣櫃門突然被打開，光照了進來，也打破剛才的僵局。

打開衣櫃的施明娟坐在輪椅上，被戴餘空推了過來，不高興地皺眉看著衣櫃的三人，「你們是不懂規則嗎？」

施明娟數落所有人，「楊小姐就算了，你們其他人不是沒玩過，尊重遊戲規則！」

於是所有人又都擠回了衣櫃，只剩下施明娟。

「小美……呃！抱歉，楊小姐，我行動不便，沒辦法躲進去……麻煩妳推我到旁邊好了。」施明娟說。

楊雅晴點頭，推著她到衣櫃旁邊。

施明娟看著自己居然還會喊錯？她真的跟小美這麼像嗎？

楊雅晴問：「請問我真的很像小美嗎？」

「某個角度很像。我是小美的老師，看妳的年紀……妳是大學生吧？」施明娟回問。

「對啊。」楊雅晴點頭。她剛剛結束實習，要開始準備大四的專題了。

「說實在，如果沒發生那件事情，小美說不定也跟妳一樣在讀書……」

施明娟似乎陷入了什麼回憶。

「如果那天我有發現就好了。小美隔天沒來，我就想說要打電話，卻忙到忘記了，等到我回神時已經過了四天了，小美被人……」

講到這裡，施明娟似乎想起什麼，有些哽咽。

楊雅晴輕聲問：「所以小美是真的被姦殺了？」

「對……那些慘無人道的禽獸！」施明娟憤恨地說。

那些？所以凶手不只一個？楊雅晴疑惑起來。

這時卻有人把電燈打開，突然變明亮的燈光讓人安靜了下來。

「施明娟、楊雅晴，妳們不是應該跟他們一起躲著嗎？」戴餘痕站在門口說，手上似乎還在擺弄什麼。

楊雅晴定睛一看，差點被嚇死——原來戴餘痕拿著一幅半人高的油畫！害她以為有一個女生站在他身旁。

畫中是個跟楊雅晴長得八分像的女生。

那就是小美的畫像嗎？

楊雅晴看著畫，確實很像自己，連戴著毛帽跟厚外套的模樣也很像，但她穿的是黑色外套，小美則是穿著墨綠色，而小美的眉毛更秀氣一點，嘴唇比較薄，眼神有點無神，又好像在跟觀畫者對看。

戴餘痕拿來一旁的畫架，把那幅畫放上去，面對衣櫃，就像讓小美看著衣櫃一樣，讓楊雅晴心裡有些不舒服。

「我坐著輪椅！」施明娟不高興地說。

「那就讓人抱著進去，尊重遊戲規則！」戴餘痕說，把施明娟抱進衣櫃。

對他們來說，遊戲規則似乎是很重要的事情。楊雅晴心想。

施明娟的手握得很緊，似乎在隱忍著脾氣，卻沒有任何反抗就讓戴餘痕抱進衣櫃，楊雅晴也擠了進去。

「很擠耶！」有人抱怨。

「忍一下，等最後一個人找到我們就可以出來了。」戴餘痕說。

六男五女跟楊雅晴，共有十二個人都在衣櫃裡，金玉池的香水味、林彥誓的菸味還有很多詭異的味道讓楊雅晴覺得頭痛。

好擠！

楊雅晴站在最前面。衣櫃門的背面有鏡子，黑暗中，她看不清鏡子裡的面目，只覺得看久了令人有些暈眩。衣櫃有這麼大嗎？而且人的眼睛有這麼亮嗎？

她還在疑惑時，背後不曉得是誰突然開口問：「話說小美那天……是怎麼死的？」

楊雅晴皺著眉不出聲，因為她感覺自己的聽覺有些混亂，甚至聽不出那聲音是男是女。

「不是在化糞池找到的？」

「不是吧！剛要被分屍就被員警抓到了。」

「是在涵洞附近的小屋！」

「死前還有被性侵的跡象。」

「不是死後嗎？」

「不要胡說！小美只是車禍！」

「是嗎？可是她跟男人不清不楚卻是事實喔！」

「胡說！」

「而且還發現她懷孕了，是誰的孩子？懷孕喔！」

「並沒有懷孕，你們就是這點噁心。」

「是你們不檢點吧？」

「反正她都想死了，死前來一發也算爽上天啦！」

「誰說她想死，夠了！」

「說到這個，她想死這件事是寫在私人的推特吧？」

「現在連自殺都揪團嗎？」

「後來呢？屍體是怎麼處理的？」

「聽說處理屍體很麻煩。」

「真的，我第一次就花了三天。」

「而且最好要避開鄰居。」

聽到後面，楊雅晴只覺得頭好痛，虛弱地問：「你們……到底在說誰？」

楊雅晴覺得後背一寸寸地涼起來。她是誤入了什麼殺人狂的聚會嗎？為什麼他們說的內容好亂，光棄屍地點就有三個。每個人講的好像是不同的事情，他們口中的小美是同一個人嗎？

「我們在說小美啊！」有人回答楊雅晴，其他人也附和。

「對啊！」

「就是那個小美嘛！」

「報紙上說，小美她……」

「我們看到新聞說小美……」

七嘴八舌的聲音從四面八方傳來，但每個人的資訊都雜亂無章，攪亂楊雅晴的思緒。

「小美其實沒有死喔！」

突然有人說。

「對耶！」

「好像是。」

「在我們的世界……她應該還活著啊！」

那些人又開始講話，直到一句話像一根冰冷的釘子，狠狠釘住楊雅晴的思緒。

「該不會……妳就是小美吧？」

突然，整個衣櫃安靜下來。

擠了十二個人的衣櫃，此時安靜得像只有楊雅晴。

或者說，只有楊雅晴是這些人裡唯一有呼吸的。

意識到這件事時，像有一隻冰涼的手掐住了她的心臟，楊雅晴只覺得在衣櫃裡的每分每秒都好漫長又冰冷，甚至失去了時間感。

我到底在哪裡？我真的在衣櫃裡嗎？

是不是應該離開？

楊雅晴還在遲疑時，後面有人打破沉默：「噯！這個背影不就是小美嗎？」

肩上傳來重量，有人拍了楊雅晴的肩膀。

「小美？」

「小美！」

許多聲音開始對楊雅晴喊著小美，有男有女，並且拍打她。

「不！我不是小美……我……我是……我是誰？」

楊雅晴突然不確定自己是誰了。

我是楊……

「楊……小美！」有人喊她。

楊小美、楊小美、小美……

許多聲音說著，讓她腦袋充滿混亂，像有人刻意攪亂她的思緒，她甚至只能問那些人，自己真的叫楊小美嗎？

不是的，我叫……楊……

她感覺快忘記自己的名字了！

——必須離開衣櫃！

這個念頭讓她推開衣櫃門，但她的手機早一步響起來！

『平安夜，聖善夜……』

藉著手機螢幕的光芒，楊雅晴透過衣櫃裡的鏡子看到自己驚恐的臉，還有她背後的景象。她背後根本沒有人！

背後是一團團黑色的影子，眼睛閃著紅光，模糊的臉部輪廓帶著不懷好意的笑。

——我必須離開！

但她無法推開衣櫃門，因為那些人伸手拉著她的肩膀，一點一點將她往後拖。

此時她已經沒空管衣櫃的空間了，只能不停掙扎，想離開這個衣櫃，卻絕望地發現衣櫃的門離自己越來越遠。

放我出去！不要！

——羽田！

※

林羽田走上了樓梯。

她已經在這棟房子裡繞了三個小時，卻始終找不到楊雅晴。

根據楊雅晴所說，自己是這場遊戲的最後一個人……吧？

其實從頭到尾，她都看不到楊雅晴說的任何一個人。她只看到楊雅晴在跟誰說話，卻看不到任何人，當時，她就知道是楊雅晴的淨眼（陰陽眼）發作了，因此她選擇不回應楊雅晴，打算看看鬼魂會帶楊雅晴到哪裡，到時候再一口氣收拾。

而且，她發現自己越靠近楊雅晴，後者被開啟的淨眼能力就越強，林羽田身上的疤痕也在消失，命運似乎正在輪轉。

但現在更重要的是找到楊雅晴！

楊雅晴大概沒有發現到自己在跟鬼講話的事實。林羽田深吸一口氣。

鬼，最可怕的不是飄忽的身影、執著的念想，而是曾經身為人，卻忘記人的界線。

林羽田握著脖子上的鑰匙，想到特林沙說過的話。

感情，也是一種信仰。

——她要找到自己想保護的那個人。

她在內心默念著，楊雅晴，妳在哪裡？

黑暗中，似乎有什麼飄忽的聲音在回應她。她隨著階梯而上，回想著兩人進門後的種種，試著撥打楊雅晴的手機。

手機上的蝴蝶吊飾搖晃著，林羽田走上二樓打開門，這是她來過五次的主人房。

這一次，多了什麼在床邊！

林羽田在心裡鬆了口氣，看來她終於走進來了！

打開門就能看到一張華麗的床，床旁的小桌上有個很古老的音樂盒。裝飾在上面的應該是可愛的小天使，但因為灰塵跟水氣的關係，天使的眼中充滿了黑色的灰塵，翅膀也被染黑，跟惡魔一樣恐怖。

或許也是因為這裡充滿了怨氣。

林羽田拿起音樂盒，轉動了發條，清脆的音樂傳來。

『平安夜，聖善夜！萬暗中，光華射……』

音樂，是沒有語言界限的。配合著歌曲的節奏，更能發揮驅魔的功效。

林羽田想起自己修行時師父說過的話。

『照著聖母……也照著聖嬰……』

林羽田看到的跟楊雅晴不同，這間富麗堂皇的房間裡覆蓋著灰塵，而躺在主人房床上的，是一個穿著高中制服的女乾屍。她懷裡抱著一個烏黑的小嬰兒，蜷縮在床上，惡臭蔓延在空氣中。

「聖母？聖嬰？」林羽田只覺得諷刺。

『多少慈祥也多少天真，靜享天賜安眠……』

但整個房間一點也不安祥，充滿了怨氣。林羽田冷笑拿出了自己的武器——一把能驅邪破魔的黑弓。

她走到衣櫃前，拿起一本剪貼簿。

這本簿子剛剛就放在音樂盒旁邊，背後寫著戴里莎三個字。那個躺在床上的女乾屍似乎就是戴里莎，而這是她整理的剪貼簿。

林羽田看著上面的名字，混著平安曲的節奏一一點名。

「金玉池，被堂哥金林焚性侵後分屍，丟入化糞池，為了掩蓋身上的味道，會在全身噴滿香水。」她平靜地念著。

『靜享天賜安眠……』

「曾海洛，在阮蓮婕吸毒過量猝死後姦屍，後被擔任護理師的鄰居發現。」

『平安夜，聖善夜！牧羊人，在曠野……』

「郭語遲在下班回家時，被韓齊寺隨機相中後強姦，因打電話求救被掐死，警方卻忽視了這通她付出生命打來的電話。」

『忽然看見了天上光華，聽見天軍唱哈利路亞……』

林羽田冷漠的聲線配著音樂的節奏，有種詭異的騷動在衣櫃裡流竄。

「施明娟被戴餘空打量後性侵，卻因為被裸身棄置在寒冬中，不得不截肢，失去了腿，所以坐著輪椅。」

『救主今夜降生，救主今夜降生……』

「林彥誓專門在網路上誘騙想自殺的年輕女性，先姦後殺，戴里莎是七個受害者之一。而戴餘痕是戴里莎的親生哥哥，也是她肚子裡孩子的親生父親。」

點名完最後一組，衣櫃裡的騷動成了謾罵跟劇烈的震動。

『平安夜，聖善夜！神子愛，光皎潔，救贖宏恩的黎明來到……』

「其實根本沒有什麼小美，或者說，每個事件裡的受害者，都是小美！」

林羽田又一次撥打楊雅晴的手機，這次，手機鈴聲清晰地傳了出來。

她走到衣櫃前。

『聖容發出榮光普照，耶穌我主降生，耶穌我主降生……』

可憐的受害者們，面對殘破的結局，卻恥於將事件說出口。

只好對外說，**那不是我，是小美。**

我只是小美的親友。

小美只是個稱呼，一個可以代換的名詞，甚至是一個祭品的稱呼。

惡鬼們編造了一個爛遊戲，把祭品騙到這棟別墅。

「但你們找錯人了！」

林羽田一邊說，一邊把鑰匙插入衣櫃的鎖孔，打開衣櫃門！

果然看到了楊雅晴被許多黑影抓住的樣子。林羽田伸手從黑影中抓住楊雅晴，並拉出衣櫃。

——砰！

她迅速關上櫃門，並用黑弓抵著。

「你們說的小美，只是抓交替的稱號罷了。」

林羽田說著，單手圈著楊雅晴，把弓抵在門口，喃念著經文。

衣櫃門劇烈地震動著，似乎有東西想衝出困住他們的衣櫃。可惜，有林羽田的武器擋著，他們無法離開這裡。

那些可憐的女人，因為死在那些傷害她們的人手上，又沒有勇氣抵抗，只能成為倀鬼，繼續尋找下一個受害者。而那些男人身為加害者，也被怨氣束縛在這個循環中，必須每年狩獵新的靈魂。

這一切都將在林羽田召喚的業火中消失。

業火吞噬了整個衣櫃，伴隨著平安曲的音樂聲，最後歸於寧靜。

楊雅晴有些呆愣地看著眼前的林羽田。

她原本以為自己死定了！當手機的光照亮衣櫃裡時，她透過鏡子看清了自己的背後有無數個惡鬼，那些烏黑的爪子搭著她的肩膀，想將她拉進衣櫃深處的地獄。

但是林羽田的聲音傳了過來，隨著她低聲念著的人名，楊雅晴感覺到束縛著自己的力量越來越弱，當最後一絲力量消失，她跑向衣櫃門口。

黑暗的世界打開了門。光亮中，林羽田對她伸出手，她也伸手讓林羽田將自己拉出去。

她聽到林羽田喃念著自己不懂的咒文，看著眼前陌生的房間，她心想：我安全了嗎？

一直到背後的衣櫃歸於平靜，她才發現林羽田抱著她，而自己也緊抱住林羽田，感覺到她溫熱的體溫透過來。

「……羽田，真的是妳嗎？」

她低頭發現兩人靠得太近，近到她可以聞到林羽田身上淡香水的味道。

林羽田貼著楊雅晴的耳邊說：

「終於……找到妳了。」

「找我？」楊雅晴愣住。

聽到林羽田的聲音有些不穩，想到那個冰山美人正抱著自己，手似乎還在發抖，楊雅晴就忘了恐懼，慢慢平復下來。

林羽田把頭抵在她的肩上說：「楊雅晴，妳……不要讓我的平安夜不平安啦！」

剛剛打開衣櫃門時，她的心臟差點停止。

她看到楊雅晴離她好遠，身上有無數隻鬼手拖著她，而她差一點點就拉不回楊雅晴了。

那一刻，她心裡有巨大的恐懼，隨之而來的是極度的憤怒，因為她不想再失去楊雅晴。

這讓她只有一個念頭——誰都不可以搶走她的雅晴！

這時，楊雅晴感覺到林羽田的害怕，下意識抱緊了她，輕撫她的背，「抱歉，讓妳擔心了。」

——是因為我，她才會這樣嗎？

——那個堅強的林羽田，也有害怕的時候嗎？

想到這裡，楊雅晴就有些失神，這才意識到自己居然抱著林羽田。

她感覺臉有點燙。

空間裡陷入曖昧的沉默，過了一會兒，兩人平靜下來後，馬上打算離開這個地方。

林羽田剛要起身，衣櫃裡突然伸出鬼手，抓住了林羽田的外套。

「小美！」

不甘心的鬼手一邊喊，一邊想將林羽田拖入衣櫃。

林羽田果斷用黑弓割斷衣服的衣角，讓鬼手只能抓著衣服的碎片，不甘心地消失在衣櫃。

兩人走出房子後報了警，回過神才發現原來屋外已經過了十二點，已經是聖誕節了。

她們慶幸自己還活著，而且又解決了一個案件。

兩人疲累地開車踏上歸途。

回程的路上，林羽田突然想到什麼，「啊！」了一聲。

「怎麼了？」

楊雅晴也跟著緊張起來，是那些鬼又來了嗎？

「妳寫的卡片在那個口袋裡！我還沒看……」林羽田懊惱地看著楊雅晴，有些討好地問：

「可不可以再寫一張？」

楊雅晴看到兩人的手機擺在一起，蝴蝶吊飾不知何時拼在一起，就此完整了。

楊雅晴笑說：「不用了！」

「那裡面寫了什麼？」

「只是祝福而已。」

或許以後的相處，會改變她想講的話。

第一章 視力

好好看眼科，帶著眼睛圖案的眼科招牌非常融入臺灣的街道，是無數色塊中的一員。

此時是晚上七點多，楊雅晴被特林沙約出來，跟著林羽田和愛妮莎來到這邊，因為她要做特殊的視力檢查，測驗她的淨眼可以看到什麼程度。

「好好看眼科？」楊雅晴看著招牌唸出診所的名稱。

「不是喔！」愛妮莎微笑地糾正，之後突然臉色一變，凶狠地說：「給我好好看！眼科，懂？」

楊雅晴嘆了一口氣，不想管愛妮莎，她大概又逛到了什麼中二社群網站才會走這種風格，或許每個故事中都一定會有個暴走蘿莉。

「我們進去吧。」

在她眼中，林羽田依舊是表情冰冷的模樣，但已經不像兩人剛認識時，永遠低頭做著自己的事那般冷漠。

「沒想到這種視力檢查要到真的眼科做。」

楊雅晴感嘆地推開掛著牌子，上頭寫著休息中的門。門口有一位女醫生在等她，流程跟一般看診掛號沒有差別……等等！

「這種特殊檢查還要用健保卡？」

楊雅晴發現自己不知不覺間連個人資料都寫好了。

她看向對方白袍上的名牌，徐豆滿醫師，牆壁上還有徐豆滿的醫生證書。

「哎喲！我們也有正常的眼科門診啊！」徐醫師帶著客套的笑容收好資料，去後面整理。

林羽田坐在旁邊翻看著雜誌，似乎不管到哪裡，她都能平靜地面對。

室內只有愛妮莎吃零食的聲音，她的暴食屬性一點都沒有變。

「楊小姐，請進。」徐醫師似乎已經整理好，在唯一一個有燈光的診間內喊道。

「好。」楊雅晴一邊回應一邊走進診間。

這個空間沒有她想像得詭異，裡面反而擺了張很正常的診療椅。她順著指示上去坐下，接過那個遮眼器，擋住左眼。然後看著眼前的E字視力測量表，等著它亮燈顯示，之後只要比出缺口方向就好。

「好了，跟一般測量一樣，來看看頭面向哪邊喔！」

徐醫師說完，她就更放心了。

楊雅晴點頭到一半，突然愣住，「什麼頭？」不是英文字母E嗎？

只見徐醫師對她咧嘴一笑，接著脖子突然出現一條黑線。黑線逐漸擴大，變成一條切線撕開她的脖子，然後整顆頭飛了起來！

她的身體還在原地，手還能寫東西，可是那脖子的斷口是真實的血肉啊！

「啊——！」楊雅晴尖叫起來。

眼前的景象太可怕了，她內心崩潰地想：天啊！徐醫師的頭斷掉了！

這聲慘叫並沒有打擾徐醫師，她的頭很「自然」地飛起來，飄到視力表面前。

「楊小姐，妳看我的頭是面向哪邊？」她的語氣專業，彷彿這種情況很普通。

「妳的頭、頭、頭飛……」

楊雅晴感覺心臟像在冰裡跳動，嚇出了一身冷汗，手緊緊掐著診療椅的扶手。

她是什麼東西？怪物嗎？

「不用怕，我就是徐豆滿……啊！中文好像是叫飛頭蠻啦！」徐醫師的頭開口說話，「我算是亞洲的妖怪，是日本轆轤首的遠親。」

楊雅晴希望自己的大腦能理解，但是她的身體不受控地舉起手擋著前方，「妳不要過來！至少不要頭首分離地飛過來！」

「所以妳真的沒看過？」徐醫師看她嚇成這樣，乾脆把頭先裝回身體，輕聲解釋：「你們做這行的，不是都從小就見慣了嗎？」

看到她又變成正常的樣子，楊雅晴才喘氣，「對不起，可是我只看過人類……跟鬼。」雖然看過厲鬼，但也是人形，只是有點透明，現在直接看到妖怪太挑戰她的認知底線了！

徐醫師只好放慢步驟講解：「那好吧！我們等等來做『視力』檢查，就是我會現出真身，妳要看著我的狀態回答。」

診間外面——

當林羽田聽到楊雅晴的驚叫聲，她放下雜誌想起身，卻被愛妮莎喊住：「小田，不要太保護她。」她帶著警告意味說：「我在這裡，如果楊雅晴有危險，我會第一個知道，況且我不能讓妳影響檢查結果。」

在愛妮莎的感應能力範圍裡，如果有人動了殺意，她會第一時間知曉，這也是特林沙讓她一起來的原因，避免林羽田過度保護，影響到楊雅晴的測驗結果。

「我擔心她，她畢竟不是我們。」林羽田緩緩坐下。

她其實一直很矛盾，理智上她不希望楊雅晴加入地府犯罪調查中心，但私心卻是不同想法。她一直記著楊雅晴，不然也不會在出國前偷偷轉學到楊雅晴的高中，只為了看她一眼。

「我們面對的事物，也是小晴將來要面對的。」愛妮莎提醒道。

既然楊雅晴要加入他們，那就要做好會看到各種詭異事物的心理準備。林羽田知道愛妮莎說得對，她壓抑住自己想走進診間的想法，坐下來繼續翻看手上的雜誌。

而診間內的楊雅晴，內心經過一番掙扎後還是忍不住問：「這個視力檢查有生命危險嗎？」

徐醫生微笑，「不會啦！況且有兩位大人陪著妳，我怎麼敢呢？」

楊雅晴聽到她的話卻一身冷汗。意思是沒有林羽田跟愛妮莎，她就危險了是吧？

「好了，我們再來一次喔！」徐醫生溫和地提醒。

楊雅晴深吸一口氣，雖然還是很驚悚，但至少對方不會傷害自己，沒有這麼可怕。

她還算順利地做完一項檢查後，徐醫師的頭飄回身體接好。楊雅晴還是覺得不適應，這時，徐醫師又拿出一本冊子，隨便翻開一頁，「來！妳看看，看得出六嗎？」

楊雅晴低頭看，是檢測色盲的圓點圖。在一片花花綠綠的斑點中，她找到六這個數字。

「好，很正常，那下一頁，妳看到了幾個人呢？妳覺得他們在幹嘛？」

楊雅晴看著圖片，是一群人站在活動中心的照片，唯獨中間的老師很沮喪。

她大概看了一下人數，「這是國小的活動嗎？有三十多個人，老師好像很無奈的樣子。」

徐醫師的手輕拂過照片，照片裡瞬間只剩下中間的老師。

「這是之前一個事故的照片。有個國小的某個班級到市立活動中心活動，但是遇到了土石流，所有孩子都被壓死在那個活動中心裡，只剩下這個孩子。他長大之後……」

她沒有說完，楊雅晴卻懂了。所以其他小孩都是鬼魂，想要帶走這個不合群的同學？

徐醫師又拿出另外一張，「那這張呢？有多少人？還有誰是靈界的？」

那是一群人站著的腳部照片，而幾人的陰影中，有個別著髮夾的長髮孩子趴在那些人的雙腿後面。楊雅晴指著孩子，「這四個大人是活人，這個孩子是……鬼？」

「這個孩子才是活人，其他人是她死去的親人。那這張呢？」徐醫師又拿出一張照片，是一個男孩臉上爬滿疤痕。

「這是臉受傷嗎？」

楊雅晴看著照片，男孩的笑容很陽光，只是身上爬滿點滴管線，甚至還有鼻胃管。

她等待徐醫師的下一個動作時，突然想到某種可能，渾身泛起雞皮疙瘩。

她看著那張照片問：「難道這個孩子已經……」

「喔！不是啦，怎麼說呢……妳看這張。」徐醫師拿出那個孩子躺著的照片，神奇的是，那個孩子身上的疤痕都不見了。

「這孩子是『混血兒』，妳看到的狀況是他的能力正在發生時，不過我們可以確認，妳的能力非常強大。」徐醫生收起照片。

「只是淨眼而已，這也不是什麼特殊能力吧？」

之前特林沙說過她的能力是淨眼，楊雅晴就記住這個詞了。

徐醫師好笑地搔頭，「妳真的什麼都不懂耶！我們這些妖物努力偽裝成人類，就是想隱藏自己，而妳有一雙可以看透一切的眼睛，卻覺得沒有什麼。」

「可是看到了也不能幹嘛啊！像羽田能追捕鬼魂，我卻什麼都不行……」楊雅晴有些沮喪，她雖然可以幫忙看到東西，在對峙時卻會變成累贅。

「你們調查中心的都是什麼人物，跟他們比，妳當然不算什麼。對了，說到能力，妳有沒有興趣兼差啊？」徐醫生拿出一疊冊子。

隨著時間過去，牆上的秒針走了十幾圈。

診間外的林羽田已經看完雜誌，正雙手抱胸地看著診間的門。

過了一會兒，診間的門打開，楊雅晴抱著一疊文件走出來。看到她沒有受傷的樣子，林羽田才放心地別過臉。

楊雅晴抱著那疊文件到櫃檯，付了錢又拿著文件跟其他人，走到門口。

「愛妮莎，報告好了再傳給妳喔！」徐醫師微笑地揮手，只是她的頭跟脖子有點縫隙，看起來讓人害怕。

愛妮莎開心地揮手表示知道了，而在等候大廳內，她留下了堆積如小山的零食包裝紙。

回到家後，楊雅晴把東西放好，想起徐醫師說的話。

『這個妳拿回去填寫完再拿回來，然後我會給妳跟鬼魂戰鬥的道具。』徐醫師神祕地說：『這樣就不會覺得自己沒用了喔！』

楊雅晴洗好澡後翻開冊子。

——我想要有站在羽田身邊的資格。

※

隔天一早，來到地府犯罪調查中心所在的大樓，當電梯下降時，楊雅晴頓時覺得自己像個特務。

因為特林沙跟學校說要補實習時數，所以楊雅晴要繼續到地府調查中心上班。今天是她重新入職的第一天，剛踏入地府犯罪調查中心，她就發現同事們在看電視。

電視新聞的聲音傳來：

『接下是一則跟花卉有關的好消息，臺灣消失將近百年的原生種「丹百合」再現，現在在農委會種苗場可以購買……另外一則奇聞，東部一間海洋公園的鯊魚，竟然出現孤雌生殖的現象，專家們目前正在研究出生的小鯊魚……以上就是早安新聞的全部報導，接下來是氣象播報。』

特林沙拿著報紙，報紙上的一朵橘色花朵就是剛剛報導過的丹百合，有著百合科蜷曲的花瓣。

但特林沙看的是報導下面，有某個露營區正在招攬遊客。

「為了慶祝雅晴入職，我們去露營好了。」

她的一句話讓整個辦公室沸騰起來。大家之前都為了調查事件忙碌，現在有機會用公費出去玩當然開心。尤其是愛妮莎，她是由特林沙監護的，所以只要能出門都特別開心。

「耶！出去玩！」愛妮莎開心地跳起來，去自己擺滿電腦螢幕的位置收拾，打包各種零食。

楊雅晴有些傻眼地發出「啊？」的聲音。

上班第一天，主管就帶所有人去露營？這福利也太好了吧？

「小晴跟小田快回去拿衣服，等等 **Pink** 去載妳們！」愛妮莎在特林沙的默許下分配任務。

楊雅晴看到 **Pink** 也在自己的位置上收拾，多恩則伸了伸懶腰，婀娜多姿地走進研究室打包東西。林羽田則揹著黑弓靠著牆，臉上看不出情緒。

啪、啪！

特林沙的拍手聲讓所有人看過來，「不准帶任何法器、書本還有致死殺傷性的武器喔！」

「喔……」眾人都發出可惜的聲音。

楊雅晴有些訝異地看著他們，忍不住懷疑這些人原本打算幹嘛。

我留在公司會不會比較安全？

她轉眼就看到愛妮莎把某個槍型的東西塞進抽屜；多恩不高興地回去研究室；Pink不知道從哪裡拿出一堆奇怪的武器；林羽田則不甘心地把黑弓放到座位上。

楊雅晴深吸一口氣，雖然早有了心理準備，同事們異於常人的程度卻總是超乎她的預料。

「雅晴、小田也快回去準備吧！」愛妮莎揹起自己的包包，如果不考慮物理重量，這畫面倒是很可愛。

「喔，好。」

楊雅晴看著已經快要堵滿門口的包包跟只有包包一半高的小女孩，形成一種巨大跟渺小的對比。

不久後，她回到自己的租屋處拿好東西，跟林羽田站在樓下等人。

楊雅晴好奇地看著林羽田。這樣漂亮的人，卻好像背負著很多東西，她忍不住盯著她看，直到林羽田轉頭看來。

「妳在看什麼？」

「看妳漂亮啊……不是！就……呃！我覺得妳很好看而已啦！沒有別的意思！」楊雅晴嘆息一聲，為什麼自己可以把話說得像在調戲人一樣？

「為什麼要嘆氣？」林羽田又不解地問。

「我覺得自己很不會講話。」楊雅晴尷尬地說。

「會嗎？」

林羽田倒覺得她很會看人臉色，在醫院探望別人時，也會拉著自己，不讓她亂講話。

「啊，車來了！」

楊雅晴看到 Pink 開車過來。

Pink 依舊是美豔逼人的女裝打扮。現在相處久了，楊雅晴也不覺得這有什麼特別的，尤其她最近在看變裝秀，就更覺得外表是自己開心就好的事。

她提著行李上車，看著周圍的同事們，大家感覺至少都有百年的修行，上山露營應該不會有事吧？

楊雅晴看著窗外的天色，今天是個陽光普照的好天氣。

一行人選好露營區後下車。腳踏著泥地，呼吸時有濃郁的草植氣味，四周的鳥鳴與溫熱的陽光像能曬進人們陰冷的內心。楊雅晴看著周圍，沒有冷氣房的暖意讓她有些流汗，但是這個溫度反而正好，她坐在石椅上，喝著在觀光區買的茶。

受到請詭事件的影響，她一直想留在地府調查中心。除了林羽田讓她很安心之外，也是因為這些事件很可怕——就是因為可怕，更需要有人來處理！如果我的眼睛有用，是不是更能阻止壞事發生？

楊雅晴看著遠處的綠樹，心想或許這裡就是我該留下的地方。

她想起之前實習的那間公司。在她離開那裡之後，她居然聽到學校的人在傳她有精神疾病。只因為那天她看到了別人看不見的東西，所以她變成一個人人躲避的怪人。

或許在這些身懷異能的同事身邊，她反倒是比較正常的人。

四個小時後，楊雅晴看著他們的營區喃喃自語：「嗯……我應該留在這裡。」

天命所在不可違，但不是因為她的淨眼，而是……為了阻止同事們造成的混亂！

首先，她要阻止多恩對草藥異於常人的熟悉和渴望。

「那個是別人種的，不可以摘啦！」

明明有顯眼的告示牌，但是這群人的眼睛也異於常人，總會略過各種警告。

接著是忽然消失又出現的林羽田。當她提著某隻還在扭動的動物走來，楊雅晴覺得那隻動物非常眼熟，「等等！那個是保育類動物吧？」她立刻按住林羽田的手，「妳不要現場放血啊！」

「放心，不會被發現的。」Pink 走過來，拎起那隻弱小可憐的小動物，「肉能烤來吃，剝下來的皮正好能當皮草。」他有創作靈感了。

「把牠放走，會被判刑的！」楊雅晴驚慌地喊。

為什麼這時候的 Pink 這麼像卡通裡的壞女人庫◯拉！

好不容易讓 Pink 放走「創作靈感」，她又要阻止林羽田往森林跑的腳步。楊雅晴覺得好累，這群人怎麼可以這麼神出鬼沒？

同一時刻，身為老闆的特林沙，正悠閒地躺在露營椅上，享受陽光跟香茗，悠閒地看著遠處的山巒樹木，完全不管自己的下屬。

看到那隻小動物被放掉，神態驚慌地竄入森林、不見蹤影後，楊雅晴才真的鬆了一口氣。

本來露營就是要放鬆，幹嘛非要採什麼野味、野菜……

——等一下！

楊雅晴突然感覺背後發涼，因為剛剛那群人裡，好像少了最危險的那位……

「愛妮莎呢？」

楊雅晴看向周圍，卻沒看到那個外國小女孩的身影。她該不會已經開吃，然後破壞掉臺灣的某個生態圈了吧？

林羽田看楊雅晴這麼緊張，伸手按住她，「我去找吧！妳先準備晚餐？」

她總覺得楊雅晴某些時刻也很緊繃，卻絲毫沒有發現有一部分就是自己造成的。

楊雅晴看了看自己買的食物，剛剛他們也跟露營區確認過可以野炊了，「好吧，羽田麻煩妳看住愛妮莎，千萬別讓她亂吃。」說完，楊雅晴去拿車後的廚具。

林羽田沒說話，身影鑽入森林中尋找愛妮莎，而多恩在一旁可憐兮兮地坐著，上好的藥材在眼前卻不可得，差點就讓她想咬手帕撒嬌了。

Pink則躺在車內打盹，山林的氣息讓身為天狐的他感到自在。他雖然喜歡城市的繁華，但炸雞吃久了也會想念清脆的青菜，能出來放風很舒服。

楊雅晴看著食材，在腦海裡算好份量。一旦開始煮菜，她就沒有其他時間關注其他人，因此她不知道其實愛妮莎已經跑出露營區，來到附近的某個幽靜地點。

愛妮莎不像以往那樣大吃大喝，她只是站在某座湖前。

這裡離他們露營的地方有點遠，她會來到這邊，是因為她從下車就感應到了某種呼喚。她順著呼喚來到這裡，並不知道這裡是某個部落的聖湖，只是循著本能來到這邊。

越是靠近湖邊，感應就越強，她甚至能觸摸到某些真相，那種感覺像她站在圖書館的書櫃前，那些書本都是真相，但她的閱讀力沒有這麼好，所以只能閱讀自己面前的真相。

這讓她知曉了某些事情，例如她的出生只是一種必然的選擇。

她走到湖水旁，站在潮濕的卵石上看著水面，感受到某種東西跟自己有所連結。

那東西非生非死，像是一片渾沌。

她不想回應渾沌的呼喚，因為她有股不對勁的預感，但此時，她感覺連結變強了。

她抬腳朝湖面走出一步，腳卻踩進了湖水裡。她有些驚訝，之後想到了什麼，轉頭往後看。

原來是林羽田正慢慢朝自己走過來，所以連結也斷了。

「小田！」愛妮莎露出笑容揮手。

林羽田看著愛妮莎，「妳沒事吧？走吧，雅晴在等我們。」

愛妮莎轉頭又看了一下湖面，那東西遠離了。她點頭道：「好……我們回去吧！」

她們一起走回露營區，看到楊雅晴綁著小馬尾，已經煮好三四樣菜了。

「好香啊！」

愛妮莎聞到美味的食物香氣，伸手想捏起餐盤上的菜，卻被林羽田抓住。

「先洗手。」

愛妮莎只好甩甩手，「好啦！」

楊雅晴煮好最後一道菜時，天也黑了。大家坐到附設的椅子上，愛妮莎拿起筷子就開始扒飯。

多恩在楊雅晴喊了兩聲後才懶洋洋地出現，她坐到位置上掃視一圈，卻看到餐盤裡有個熟悉的東西。她用筷子夾到眼前，這個香菇熟悉的形狀……

「等等！大家先別吃！」

周圍同時傳來嘔吐聲，愛妮莎跟 Pink 已經臉色發青——他們已經吃下了一大半的菜。

「這是我採好，要回去提煉的毒菇！」多恩發出慘叫：「我花了一上午啊！」

林羽田手快地抽走楊雅晴的筷子，楊雅晴則傻眼地問：「不是，妳幹嘛把毒菇放在食材旁邊啦！」她沒多想就放進去料理了！

「我想說盤子剛好能裝起來嘛……對不起嘛！」多恩看著其他人譴責的表情，小聲說。

「嘔——」回應最熱烈的是旁邊一大一小的嘔吐聲。

「我先帶他們下山好了。」特林沙看著旁邊的一大一小，兩人已經開始冒冷汗了。

「那我去收拾。」楊雅晴把碗筷收起來，準備去清洗。

林羽田：「BOSS，我去開車。」

特林沙卻搖頭，「羽田，妳陪雅晴一起收拾，我帶他們下去就好，明天再來接妳們。」

「是。」林羽田看了旁邊的楊雅晴一眼，又自己去收拾。

於是，剛上山的一群人又被載下山。看到多恩對那盤菜的依依不捨和試圖想採摘菌菇的瘋狂，楊雅晴覺得還是不要再跟他們待在一起比較好，認命地跟林羽田留在山上整理。

等車子開到山下，她才意識到，自己今晚要跟林羽田單獨在外過夜！

兩人都沒有迴避，一種若有似無的曖昧感縈繞在兩人之間，但楊雅晴也無法說清楚那到底是什麼，不過兩人都下意識地同進同出、整理營地。

當黑夜來臨，楊雅晴鑽進搭好的帳篷，拉上睡袋的拉鍊，旁邊是林羽田閉著眼的身影。她有些緊張，還以為會很難睡著，但竟然一沾枕頭就睡死了。

她做了夢，但不像上次這麼可怕，在夢中反而很舒服。

楊雅晴坐在一個草坡上，看著日出日落，風吹來的觸感很溫和。她旁邊有些花草盛開，就在這樣的環境中慢慢放鬆欣賞景色。

這時，突然有個人坐到她身邊。夢境平和安祥，甚至有種強烈的愛戀感覺。

她愛著那個人，而那個人也如此回應，但在她側頭要看向對方時，卻回到了現實。

她看到的是林羽田的睡臉，沒有那雙眼睛映照，她反而能看清這個人。她的肌膚因為常在運動而紅潤滑嫩，有著一頭烏黑濃密的秀髮及精緻的五官，因為睡著了，多了一分脆弱。

其實她也是跟自己一樣的女生吧？

楊雅晴迷糊地想，總覺得兩人緣分好深，如果不是她曾轉來自己的高中，又在街上遇見……

恍惚間，她又睡著了。直到早晨的鳥叫聲傳來，陽光的耀眼跟微熱讓她起身。

昨晚的想法已經跟著夢境遠去，她拉開睡袋，從帳篷裡出來。

一出來就看到遠處的樹，陽光透過綠樹，變得柔和；清晨的露水像花草努力生長的汗珠，而一株美麗的花朵就在樹旁，花瓣蜷曲成球型，蕊心也格外明顯翹立。

楊雅晴帶著牙刷去公共洗手間，正在洗手時，聽到附近有人在介紹那朵花。

「各位，眼前這朵就是丹百合，你們看它的株型很特別，而且顏色是橘色的，不過不可以摘喔！這是農會好不容易復育成功的，如果喜歡，可以拿紙摺的回去。」

導遊小姐的話勾起楊雅晴的興趣，她一邊洗手一邊聽著。

「……其實這株百合跟原住民的神話有關，傳說有個叫拉哈艾的女祭司，因為母親生病，日夜對祖靈祈禱。為了祈禱，她甚至荒廢了祭司的工作，導致她鮮紅的衣服都褪色了。直到某個月亮圓滿的晚上，她收到了祖靈的回應，在晚上將自己獻祭給月神。最後她的母親病好了，她則變成這朵百合，所以花瓣才是這樣的顏色。好，接下來是休息時間，大家可以在這邊坐一下，裡面有禮品店……」

楊雅晴聽著這個有趣的故事，都沒發現到林羽田已經來到她旁邊。

「這個故事好怪。」林羽田忍不住開口說。

她覺得很奇怪。她的家學裡，有個族叔對原住民神話很有興趣，但她印象中，那個女祭司的名字不是這個名字，但她又想不起來應該是什麼。

就在這時，有個女生靠到兩人面前，「妳們也是來露營的嗎？」她身上帶著某種細微的香氣。

楊雅晴回應她：「是，妳呢？」

「妳們要不要跟我們一起參觀？」那個女生突然說。

楊雅晴愣住，「啊？」

「我開玩笑的……」

女生突然安靜地低頭想離開。

事實上，以她拘謹的個性，能說出一句邀請就已經用盡全力了，但她提出的內容實在缺乏深思熟慮。

導遊小姐也靠過來，「柏婷，這是妳認識的新朋友嗎？」

「蛋捲，我……」

蔡柏婷有點掙扎，幸好導遊小姐又開口：「妳們好，我是導遊蛋捲。我們其實是個內向者社團，趁著這次出遊，希望社員能有更多對話的機會。」

「我叫楊雅晴，這位是林羽田。」楊雅晴替兩人介紹後，好奇地問：「內向者是什麼？」

「這是最近才興起的詞彙，就是生活中比較不善於開口的人，還有一部分會有高敏感的症狀，對聲音、氣味、光線等特別在意，例如那位小姐就可能知道那種感覺。」蛋捲友善地看著林羽田。

「她……」楊雅晴抱持著高度懷疑。

「來，這個給妳。」蛋捲把一朵花遞給林羽田，「這個花是我們的邀請函，要不要加入我們的旅遊團？」那是一朵紙摺的花，外型類似丹百合。

林羽田看了一眼楊雅晴，發現她緊盯著這朵花。能讓楊雅晴露出遲疑的表情，就表示這個花有問題？

林羽田接下那朵花，說：「謝謝，我再看什麼時候有空。」

楊雅晴則看著導遊遞來的花。不知道是樹影壟罩還是她的淨眼能力發動了，她居然看到那朵花黑了一下，但在陽光下又迅速變回原本的橘色。等她聽到林羽田的聲音，才發現林羽田已經接下花，也答應了對方下次出團的邀請。

「羽田？」楊雅晴下意識地喊了一聲。

林羽田忽然扯著楊雅晴說：「我其實很害羞，如果沒有小晴在旁邊，我就……」
她故意沒有把話說完，偷偷模仿那個叫蔡柏婷的女孩。
蛋捲卻不覺得奇怪，反而笑了一下，似乎已經很習慣像這樣不把話講清的人了。
楊雅晴看著林羽田，「是嗎？」妳很害羞？
她消滅厲鬼、切菜砍瓜時那麼英勇，怎麼可能是內向者的人格？
但是林羽田對自己使眼色，楊雅晴只好點頭配合，「我們回去吧！」她拉著林羽田的手回去。
蛋捲沒有多說，笑著跟她們揮手道別。

※

回到調查中心，BOSS說愛妮莎跟Pink要住院觀察幾天。
「BOSS，他們不是能力很強大嗎？」楊雅晴不解，他們兩個人都非普通人類，怎麼也會食物中毒？
「我摘的可是極品耶！」多恩抗議起來。
林羽田擋在楊雅晴面前，順便將紙花交給多恩，「妳先驗一下這個。」
被擋在身後的楊雅晴試圖了解著多恩的話。她的意思是能力強大的兩人，對上多恩採到的效果更強的菌菇卻輸了，所以那兩人還是略遜多恩一籌？
這群非人類的同事果然都好厲害。

看到那朵紙摺的花，多恩卻沉默下來，拿著花去愛妮莎的位置掃描。

很快的，掃瞄器大響，多恩看著上面的結果，「有咒的殘留，妳們是去哪裡拿到的？」

「在露營區的時候，我們遇到一個帶隊的導遊，是她給我們這朵花的。」

楊雅晴把遇到的情形描述了一次。

「妳有什麼預言嗎？」林羽田問。

多恩搖頭說：「這次我幫不了妳們，我不能進山裡。」如果有，她早就有感應了。

「可是，妳昨天不是跟我們去露營了嗎？」楊雅晴不解，那裡不是山嗎？

多恩看向特林沙的辦公室，「那是出遊啊。但這次是事件，所以……」她聳肩表示，自己真的不能跟著去。

特林沙聽到三人的談話而走出來，並接過話說明，「多恩曾經進山採走別人的草藥，所以被列為拒絕往來戶。」

這當然是簡略細節的講法。實際回憶當時的狀況，多恩惹到山上那群人，結果那群人把多恩當成平埔族的人，結果造成山上部落與平埔族的衝突越來越嚴重，特林沙才會出手阻止，並把多恩收編回來、哄著她把過剩的精力轉到醫學上。雖然後來造成的影響並沒有比較好，但至少受害範圍縮小許多，況且死人被切割也沒辦法抗議……特林沙看了一眼角落的檔案櫃，又移回視線。

「BOSS，人家只是借用一下，我有教他們把草藥照顧得更好耶！」多恩提出抗議，以她的角度來說，她還是有所回饋的……吧？

「所以成精的曼陀羅滿山遍野地跑時，我更頭痛了。」

特林沙唯一慶幸的是那時候人們還沒有手機，不然瀏覽率達到上千萬是可想而知的。

多恩的能力很強，卻不會控制，還忘記考慮人類已經離道法的時代很遠了，結果就是她培育出來的草藥不管是採收還是服用，都有效果太強的問題。

「總之羽田，妳既然覺得不對就去調查吧。」特林沙繼續說：「雅晴也一起去，畢竟是妳看出有問題的。」

楊雅晴遲疑地說：「可是那朵花……只有黑了一下。」

「有些咒不會一直存在，只要達到條件就會消失。」特林沙說。

「所以紙花上的咒是為了……邀請我們？」楊雅晴又問。

「對，所以才需要妳們去調查。」

「好的。」林羽田接到命令後點頭。

兩人離開犯罪調查中心，回家收拾自己的行李。

她們聯絡到那名導遊，報名了旅遊行程，聽說還很幸運地遇到十年一次的大祭。楊雅晴確認著住宿要帶的東西，而林羽田就在……旁邊看。

「妳有沒有什麼不吃的？」楊雅晴拿出小筆記問林羽田。

「沒有。」

「過敏？」

「沒有。」

「想要買的東西？」

「嗯……沒有要買的。」林羽田看著楊雅晴說。

楊雅晴粗神經地繼續寫著，然後整理出車費、路線、要帶的東西。

林羽田看著她忙碌，眼神有一瞬間變柔軟溫和，但她轉頭又馬上武裝起來，然後按照楊雅晴的規畫收拾東西。

「那……晚安？」楊雅晴說。

「晚安。」林羽田看著她，「明天見。」

「明天見。」

楊雅晴告別後，回到自己家。她躺上床、蓋上被子，閉上眼卻發現自己坐在椅子上。

「我在做夢嗎？」

楊雅晴問出口後又想，應該是那樣沒錯，因為她身處在不屬於自己的房間，房間的主人似乎是個少女，而且是極度注重整潔跟粉色系的那種，連筆筒的筆都整齊排放著，桌上的筆記本方正疊好的程度讓人感到壓力。

由於有過上次的經驗，楊雅晴這次努力記住房間的特色，例如整櫃的國考書籍。

她想找到房間的主人姓名，卻發現疑似寫著名字的地方都被塗了立可白。她剛想從背面查看塗改前的文字，卻聽到兩個不同的腳步聲往自己所在的地方走來，楊雅晴下意識地躲起來，就站在房間門打開之後，跟牆壁形成的三角形夾縫內。

兩人的爭吵聲很大，並沒有發現她躲著。

楊雅晴雖然看不到對方，但是兩人的爭吵聲激烈，她偷偷從門縫看去，發現比較年輕的女生她好像認識。

啊！是露營時遇到的，叫蔡柏婷的女生。

就在這時，蔡柏婷突然轉身對著楊雅晴喊：「拜託，阻止她！」

——蔡柏婷看到我了嗎？

突然，楊雅晴臉上傳來一陣劇痛，有個人影狠狠地打了她一巴掌。她還沒看清楚是誰，就已經從夢中醒來、坐起身了。

她很難過，強烈的不滿跟怨憤填滿內心，臉頰更因為被打過，又燙又痛。但又有另一個聲音告訴她不可以，不管她要做什麼反抗都是錯誤的。

「這不是我的心情。」

楊雅晴不停默念這句話，幾分鐘後內心才慢慢平靜下來。

她看著桌子上的筆記，想了想，發現沒有事什麼可做。她把行程表用手機拍下來，彷彿這樣就能安慰她不安的心情。

早上，兩人到了集合處，因為還有時間，楊雅晴讓林羽田先等著，她則先去買兩人的早餐。剛回來，林羽田就害羞急切地撲過來！

「小晴，太好了！」她挽著楊雅晴的手躲到她後面。

楊雅晴側著頭，「妳怎麼了？」多恩給妳吃了什麼髒東西嗎？

林羽田低聲說：「有人先到了。」

「喔，好。」

昨天她們商量好，林羽田會扮演內向者，楊雅晴則是她的朋友。那天是因為蛋捲的誤會，她們才察覺到這次的案子，所以她們討論後決定繼續扮演這樣的身分。

只是林羽田這樣抱著自己的手，楊雅晴總覺得有些奇怪，但她沒有掙脫的打算，甚至偷偷看了一下林羽田。

林羽田原本只是輕輕摟著楊雅晴的手，如果對方要掙脫也可以，但是楊雅晴不但沒有掙脫，還真的扮演起照顧自己的角色，讓她不自覺地更貼近一點。

「早安，再等一下，其他人也快到了！」蛋捲過來引導她們上車。

上了小巴士，車上只有五個人，都隔得很遠。

「這是蔡羅慈小姐跟她的女兒柏婷。」蛋捲介紹。

楊雅晴看到蔡柏婷便對她揮手打招呼，但是蔡柏婷一臉陌生警戒地看著她。

「這位是趙問言先生，他跟妳們一樣是新加入的。」她也對其他人介紹：「各位，這兩位小姐是新人，林羽田跟楊雅晴，大家要多照顧她們喔！」

「叫我們小晴跟小田就好。」楊雅晴友善地說，林羽田則抱住楊雅晴的手臂不語，但其他人都很習慣，甚至體諒的樣子。

蛋捲將她們安排到座位上，做完自我介紹後又比向身旁的一名男性：

「這位是高文樹，是我們內向高敏研究社的社長。他原本也是內向者，後來漸漸改變，現在已經可以面對外界的變化了，有問題可以找他商量喔！」

「嗨！大家請好好享受這段旅程。」高文樹看起來很斯文，除了身高很高之外，其他部分都像是一個文青系的男性。

蛋捲到車頭跟司機示意可以開車了，車子關上門，發出氣動的聲音，像潛伏的野獸起身邁開第一步。

楊雅晴跟林羽田看著窗外景色的流動由慢到快，跟普通旅遊不同的是整車的人明明都醒著，卻安靜到不行，只有蛋捲很熱情地講解各種故事。

楊雅晴聽著故事，有點昏昏欲睡。她看著車窗外面，從城市到郊區再到山路，房子越來越少，樹也越來越多。

「導遊小姐，冷氣可不可以不要開這麼強？我家柏婷很怕冷。」蔡羅慈的聲音從後面傳來。

「好，我請司機調一下。」

「還有，可以避開坑洞嗎？我家柏婷會暈車，然後飲料可以再給一瓶嗎？柏婷有點渴……」

楊雅晴覺得蔡羅慈對待蔡柏婷的方式好像太周到了，如果不是見過本人，她會以為蔡柏婷是個小孩。

幸好蛋捲的脾氣很好，「好，我拿給妳。」

她們從座位旁邊經過，楊雅晴看到蔡柏婷穿著短袖T恤，沒有穿著上車時的外套，跟著蔡羅慈去拿飲料。

這時，林羽田也看著蛋捲，有些欲言又止。

「妳也想喝飲料嗎？」楊雅晴問。

「我自己拿。」林羽田平靜地說。

「我幫妳。」

楊雅晴因為座位靠近走道，就走過去跟蛋捲要了一瓶。她回來拿給林羽田時，林羽田想了一下，還是接下了飲料。

楊雅晴看似看著車窗，內心卻有些感慨。面對林羽田，她總有種莫名的熟悉感，或許是請詭事件後身邊的朋友離開了，而林羽田補上了身邊的位置。

林羽田喝著飲料，眼神看向外面。她沒有想過在之後的行程，她會越來越習慣透過楊雅晴講話，看似是在扮演內向者，其實兩人更像是回到某種關係。

另一邊，座位上的趙問言看著兩人，若有所思。

蛋捲分好飲料後，回到自己的位置上，似乎在補擦防曬乳。高文樹在寫手上的筆記，車上聲響最大的還是蔡柏婷母女，一下子嫌車子太晃，一下子說冷又說熱。

楊雅晴看著行程表，他們會先去某個知名遊樂場，然後轉往導遊的村子入住三夜。她把行程順手傳到了地府犯罪調查中心的群組，只是隨著車子開到山區，手機訊號也好像沒有這麼好了。

坐了幾個小時的車，等進入山腳的休息站，楊雅晴下車舒展身體，坐久了屁股都有點痛。她找了一個人少的地方伸展一下，就在她舉手伸懶腰時，突然聽到沙沙聲。

似乎有人站在她背後的樹林，腳踩到落葉時發出了碎裂的聲音。

楊雅晴往聲音的地方看過去，居然看到了一截鹿角！

自然流線的外型、頂端的尖角，雖然其他部分隱沒在樹枝的陰影中，但她還是看得出鹿的四肢跟輪廓，鹿腳纖瘦的四蹄撐著鹿身。

「梅花鹿？」楊雅晴驚訝地說，這一聲卻讓鹿警覺起來，身形僵著不動。

林羽田聽到楊雅晴的聲音，靠過來，「妳說什麼？」

林羽田的腳步聲似乎嚇到了那頭鹿，楊雅晴看到鹿退後幾步，轉身跑進樹的陰影中，只能可惜地說：「小田，剛剛有鹿耶！該不會是梅花鹿吧？」

「那應該是水鹿喔！是臺灣原生種的水鹿，特色是沒有梅花鹿的斑點。」蛋捲走過來補充，「可能是季節改變了，所以經過這邊。」

楊雅晴認同地點頭，「對！牠真的沒有斑點。」

在日本傳說裡，鹿是神的使者。

林羽田看著她開心的樣子，腦海閃過鹿的印象，但這裡是臺灣，代表意義似乎跟日本不同，況且野生動物會跑來滿是車潮的休息站嗎？

她站在楊雅晴身邊思考。這一路過來，林羽田都沒有發現不對勁，但這才讓她覺得麻煩。若是有發現問題就能解決，但現在就是找不到問題，因此她只能跟楊雅晴一起行動，甚至必須跟其他陌生人一起活動。

「小田，還好嗎？」楊雅晴看到林羽田困擾的樣子。

林羽田原本想搖頭，但楊雅晴下意識牽起她的手，她就順著楊雅晴的動作靠過去，低聲問：「妳不去廁所嗎？」

如果離開休息站，要一個小時後才會到遊樂場。

「我還好，妳呢?要陪妳去嗎？」

林羽田搖頭，「還好，只是有點……擔心。」風雨要來前反而是最寧靜的，她很怕這樣的平安是假象。

楊雅晴也會意過來，小聲地說：「這次的成員應該沒有關聯吧?」

她們上次出遊，成員都是同學，還在途中差點發生車禍，但這次的旅行團是隨機邀請的團員，應該不會整車人都出事吧？

「他們確實不像是互相認識。」林羽田知道楊雅晴的擔憂。

當時在車上自我介紹時，除了蔡家母女是有連結的，其他人似乎都不認識，她甚至看到趙先生跟蔡媽媽推銷產品，一點都沒有熟人該有的熟悉感。

「或許我們不要想太多，就當作出來放鬆?」楊雅晴說。

如果真的沒有事情，特林沙早就把她們叫回去處理其他事了。

林羽田看著她輕鬆的表情，話到了舌尖還是嚥下，尤其楊雅晴牽著自己的手，她告訴自己，再觀察看看好了。

她們回到車上，其他人還在買禮品，林羽田先回到位置，只有高文樹低頭在筆記上寫寫畫畫。楊雅晴在經過高文樹時瞥了一眼，他馬上蓋上筆記。

「你在寫什麼啊?」楊雅晴好奇地問。

「沒有，只是一些行程的註記。」高文樹順勢轉移話題：「話說，妳跟林小姐相處時，會不會覺得很累?」

「很累？」楊雅晴不解。

「其實妳不用硬撐。照顧內向者，當她的溝通師一定很累吧？」高文樹看了一下車外，「像是蔡媽媽跟她女兒，其實一方過度依賴，另一方過度控制也是內向者要注意的。」

楊雅晴想了一下，「應該沒有吧。」她沒有覺得累啊。

「其實妳可以思考一下，有時候人沒辦法有所自覺。」高文樹說完，看著楊雅晴意有所指。

林羽田卻突然出現，「小晴，我找不到東西。」並拉著楊雅晴回到座位。

楊雅晴很自然地打開背包，「妳要找什麼？」

林羽田遲疑起來，「……水。」

其實她只是不想要楊雅晴再跟高文樹講話，不希望高文樹破壞她們之間的關係。

「可是妳剛剛才喝飲料耶。」楊雅晴看著座位的杯架，還放著兩瓶水。

「算了。」林羽田乾脆別過頭。

楊雅晴覺得這畫面有點熟悉。林羽田一臉不高興又壓抑著自己，她卻不知道該怎麼辦，但那種感覺很快就消失了，她也期待起接下來的遊樂園。

看著手上的簡介，楊雅晴忍不住想起請詭事件中的地圖簡介，幸好這次是普通的簡介。

除了遊樂設施跟建築的介紹，其他多半是在講關於原住民文化的內容，朝著地面的那面則介紹了一個傳說。

『卡拉哈艾(kalaha'ay)是臺灣原住民傳說的一種妖怪，因爲無人供養，成爲惡靈。傳說祂們會發出哈哈的笑聲，聽到會使人生病……』

但楊雅晴並沒有細看，就把簡介收進包包裡。

再過一個小時左右，她們就會到遊樂場。

※

「各位大小朋友！讓我們再來喊一次，那魯萬！」

穿著美麗原住民服飾的主持人，熱情地對著環形舞臺前的觀眾打招呼，之後她身後跑出許多舞者，鈴鐺悅耳的聲音搭配著歌舞，讓人心情都跟著清脆明亮起來。

男女排列站著，赤著腳手拉手圍成圈。女子戴著花帽，紅色的長衣上面繡著鮮豔的絲線花紋，還有黑色布底的綁腿，避免跳舞時掉落；男生也是上半身穿著長衣，花紋比較精簡，頭上則綁著額帶，有些上面還有羽毛跟獸骨、貝殼等裝飾，身側揹著情人袋，下半身是黑色的褲子。

為了敬謝祖靈帶來豐收，祭典的服裝都盡量做得鮮豔美麗，加上舞者臉上愉快的表情，搭配悠遠高亢的歌聲和配樂，觀賞者都感到心曠神怡。

楊雅晴坐在木頭長椅上專心地看表演。雖然聽不懂歌詞內容，但是悠揚輕快的歌聲讓她緊繃的心情也漸漸放下。

「……臺灣早期有鯤鯓之名，而原住民被稱做東鯷，或許是指在鯤島上的小魚……」林羽田看著手上的介紹，精美的圖片跟文字描述著美麗的文化，與這座島相生相連的過往。

「其實可以說整個臺灣都跟原住民的歷史有關，從明清到日治也是，只是很可惜，他們大部分都是說唱傳訟，有些祭典歷史已經不可考了……」蛋捲湊過來說。

「祭典？」楊雅晴問。

林羽田想到了什麼，開口說：「以前的祭典很重要，是整年來幾乎唯一一次的大節慶，祭祀、分肉、婚育、傳承，甚至族內大事都要在祭典內宣告跟完成。」那是親戚曾經提過的內容，她順口背了出來。

「林小姐，妳很清楚耶！」蛋捲笑說：「而且為了豐年祭，很多男生都要請女生幫忙縫製衣服，所以女生在族中的地位更高。你們不是有句話說，國之大事，在祀與戎，其中的祀就是我們的豐年祭，要對祖靈敬告祈求安泰豐收。」

「導遊，妳知道好多喔！」楊雅晴崇拜地說。

「因為有足夠的資源才能祭拜，等於也是一個群落是否富足的指標。」高文樹說。

「不過你們這些白浪就是來看個熱鬧……噢！幹嘛打我！」旁邊有個人突然開口，聽說這是高文樹的朋友。

「不要講白浪，會引起爭吵，你忘記祭典的規則了？」另一個人打斷他們。

「好啦！」突然開口的那個人不高興地轉身就走，其他人也沒有攔他。

楊雅晴還一臉不解，直到林羽田偷偷把手機遞過來，她才知道原來白浪是原住民口中的漢人。

「等等歌舞結束後，我們會去搭車到民宿，這是車號跟注意事項喔！」蛋捲把一張注意事項和一個小胸章發給所有團員。

胸章造型是一個黑色的菱形，畫著白色的框線，中間有一個小黑點的圖案，蛋捲叮嚀：「別上後，可以憑著胸章打折喔！」

楊雅晴跟著其他人把胸章別上，接著很快又被舞臺上的歌舞吸引過去。

看完表演還有一段活動時間，其他人都去買紀念品，楊雅晴想去廁所，就跟林羽田說了一聲，自己去找廁所了。但不知道這邊的建築設計怎麼搞的，她居然跑錯方向，漸漸跑到舞臺的另一邊。她想找路離開，卻意外聽到熟悉的聲音。

「為什麼要帶我來這裡？我根本不想來！」

楊雅晴認出是蔡柏婷的聲音，只是話語裡激動的情緒讓她有些不安。

「妳太不知感恩了。」

「感恩？」說話的人不屑地冷笑，「我為什麼要感恩妳？妳為什麼不乾脆直接拿走我的人生算了！」

「我是為、妳、好！」

「不！妳是為妳自己好，妳根本就是自私、控制狂……」

啪！

巴掌聲結束了這段對話，楊雅晴感覺自己該溜了。

為了避免碰面的尷尬，她在遊樂場裡亂走，結果又迷路到陌生的地方。就在她糾結要不要找人問路時，突然感覺到旁邊有一陣水霧的濕潤感，她一愣，轉頭發現是一個穿著原住民服飾的老婆婆站在背後，對她噴酒精。

「呃？」

楊雅晴拿出衛生紙擦拭，但還沒開口，對方又拿起一罐酒精噴霧對她猛噴，嘴裡還說著原住民的話：「一碼、一碼。」

對方似乎說了一個名詞，然後拚命揮手趕她。

楊雅晴不解，但身邊有人一邊拉著那個婆婆，一邊說著原住民的語言，她全程像是鴨子聽雷，不但完全聽不懂，還插不上話。

幸好那個人安撫好婆婆後，轉頭跟她說：「小姐抱歉，我媽媽老年痴呆了。」

「沒關係，只是她剛剛是要我趕緊離開嗎？」那個婆婆揮手的動作，似乎是想要把她趕走？

「她是要妳回某個社，只是我也不知道是哪裡，可能是要妳回去廣場吧。」對方說完就扶著婆婆離開，臨走前又看了楊雅晴一眼。

楊雅晴並沒有把這段插曲放在心上，幸好依照對方指的方向，她找到了往廣場的牌子，然後照著指示跟其他人會合。

回到車上後，強烈的冷氣跟清香劑的味道讓她鬆了一口氣。

「好！人都到齊了。」蛋捲跟司機確認可以開車了。

車子慢慢駛離停車場，離開這個還有一點科技感的遊樂場。

當車子開往山上的公路，旁邊黑暗的樹影中隱約有一頭「鹿」的身影。雖然有著水鹿的身體，但脖子上面沒有頭顱，光禿禿的頸口插著一根鹿角，如果有人看到，肯定會感到非常不舒服且怪異。

更奇怪的是，這頭「鹿」非生非死，也不是雕像一類的死物，牠跟隨車子的煙塵邁開四蹄，在黑暗的樹影中奔跑，然後消失在車子的的黑煙之中。

車上的眾人並沒有發現這個詭異現象，因為剛剛在遊樂場消耗完體力，大部分的人都處於休息的狀態。

林羽田原本手撐著扶手，身體靠著車窗，用身上的薄外套蓋住自己的頭睡覺，但因為楊雅晴回到座位的震動，她坐起身看著楊雅晴，「妳臉色有點難看，中暑了？」她關心地伸手摸摸她的臉。

楊雅晴被她碰觸後有點回神，搖搖頭閃過碰觸，「我沒事，妳的飲料。」

「謝啦。」林羽田打開飲料，喝了一口。

楊雅晴看著前面的座位。蔡家母女上車前似乎在跟導遊說什麼，所以比她還晚上車，但是她看蔡柏婷的臉上並沒有傷痕，反而是蔡羅慈戴著口罩的表情很疲憊。

或許她聽到的聲響不是打在臉上。

她小聲地把剛剛聽到的爭執告訴林羽田，不過林羽田不是很想管別人的家事，「可能……打人不打臉吧，怕難看之類的。」

楊雅晴偷偷觀察蔡家母女。其實，她從一開始就覺得這兩人關係緊張，畢竟好像很多事情都是蔡羅慈把女兒拿藉口要求的，但她沒想到兩人的衝突這麼可怕。

她們兩人到底怎麼了？從對話上來看，蔡羅慈似乎做了很過分的事情？

「接下來要去我們的村子，體驗原住民的生活喔！」高文樹跟大家介紹接下來的行程，「我們是夏爾族的一個分支，叫做梧銘部落，那邊風景非常好，可以看到雲海喔！」

蛋捲補充，「到了目的地後，我們會分配小木屋，大家放好行李後，就過來集合一起參加開場儀式。」

「好。」車上其他乘客齊聲說。

之後車上又進入安靜的氛圍，大部分的人睡覺、發呆，林羽田則看著窗外若有所思。這時趙問言卻偷偷靠近她們的座位。

「嘿，妳們是啦啦隊嗎？」趙問言表情中帶著笑意，楊雅晴卻覺得他有種不懷好意的感覺。

「我們沒有參加啦啦隊。」林羽田不解地說。

「是拉拉、拉子、百合。妳們是一對吧？」趙問言一臉八卦地猜測。

楊雅晴搖頭，「不是，我們只是普通朋友。」

她沒有注意到林羽田的眼睛眨了一下，反而是趙問言注意到。

趙問言擺出一臉可惜，「想說妳們感情這麼好，而且林小姐都不看別人耶！」

「為什麼要看別人？」林羽田不解地問。

楊雅晴苦笑地拉住她，「沒有啦，小田比較怕生。」她暗示地拉住林羽田的手腕。

林羽田會意地貼在楊雅晴背後，看著趙問言的表情充滿戒備。

「喔！還以為妳們是一對，逃避父母出來玩呢！」趙問言可惜地說。

楊雅晴強調，「真的只是朋友啦！」

「對了，妳們大概才剛出社會吧？有打算做什麼工作嗎？」趙問言問得又快又急，楊雅晴都來不及聽清楚。

「什麼？」

「要不要試試看銷售？很賺錢喔！」趙問言拿出一張看似合約的紙，連原子筆都準備好了，彷彿只要她們簽名，就會帶她們賺大錢一樣。

「沒有，我們……」楊雅晴還在想怎麼拒絕，林羽田直接拉著她轉頭。

趙問言還想糾纏時，高文樹靠過來，「問言，不要為難她們。」他眼含警告地看著他。

趙問言也沒有再糾纏，「哼，問一下都不行嗎？」他回到座位，氣悶地戴上耳機。

「抱歉，他明知道這樣會讓人困擾。林小姐、楊小姐，妳們還好嗎？」高文樹溫文爾雅的態度讓人放鬆很多，他替兩人解圍的樣子也讓人頗有好感。

「沒事，趙先生只是比較熱心吧。」楊雅晴不願說別人的壞話。

「妳們不用替他找藉口，如果不舒服就要講出口，這樣才會有自己的空間。」高文樹對林羽田強調。

林羽田則像在琢磨高文樹的話，「是嗎？」

高文樹轉換態度，叮嚀楊雅晴說：「楊小姐，雖然妳會保護自己的朋友，但也要適時讓她們表達自己的想法喔！」

「有啊！我都……」楊雅晴想反駁，但是高文樹搖頭打斷她。

「不行，妳不能覺得自己有，妳應該問林小姐，以她的感覺為準，內向者還是有情緒，妳要給她表達情緒的空間。」

「喔……」楊雅晴習慣性地答應，但是內心卻懷疑起自己。她看著林羽田平靜的面容，心想：我沒有給她空間嗎？還是我太自以為，其實我幫她拿飲料的事情，讓林羽田很不舒服？但怕影響我才沒有說。

楊雅晴開始自我檢討，林羽田卻沒辦法理解高文樹的舉動。在她的眼中，是高文樹隨便跑來亂說話，害楊雅晴跟自己有了距離——那是她好不容易才拉近的距離。

「那妳們慢慢聊，有問題隨時可以找我喔！」高文樹對林羽田友善地笑一下後，在搖晃的車上回到座位。

楊雅晴看著林羽田，「羽田，妳會覺得我都沒讓妳講話嗎？」

林羽田搖頭，「沒有。」

其實她似乎想到了什麼，卻選擇不講出來。

「不過剛剛真的好尷尬！那個趙先生居然跑過來說那些話。」楊雅晴碎念著看向林羽田，發現她似乎已經不在意這個話題了。

也對，我們本來就沒有什麼關係吧？

楊雅晴想，畢竟我也不知道那個童年玩伴是誰，或許搞清楚之後……

她也不清楚下一步要怎麼辦，或許什麼都不要問、不要想會比較簡單？

心口有種悶悶的感覺，楊雅晴眨眨眼，在內心記下這種感覺，強迫自己專心在這次的旅遊中。

林羽田將頭靠著車窗上滑手機。她並非故意不聽楊雅晴講話，而是她跟族叔聯絡時，對方傳來的訊息吸引了她的注意。

她還是覺得導遊說的故事很怪，於是把自己聽到的故事簡短地傳給那個族叔，順便把自己的位置簡單地講了一下。只是訊號越來越糟，她按了好幾次才傳出去，也不知道那個叔叔發現自己的訊息時會是多久之後。

小巴士上的人都疲憊安靜，林羽田跟楊雅晴說一聲要打電話就離開座位。楊雅晴讓她過去後，看到她專心講電話的表情，心裡又有些奇怪的感覺。其實她幾乎沒有了解過林羽田，她有哪些家人呢？

但楊雅晴還來不及細想，小巴士突然顛了一下。

「怎麼回事？」蛋捲走到車頭問司機。

「不知道，好像輾到了什麼。」司機因為車身的高度，看不到車輪下面有什麼。

「只是石頭，別管了。」蛋捲催促司機趕快開到目的地。

司機只好再次啟動小巴士，車輪轉了一個方向往前開。

當小巴士走遠，夕陽照在一個土坑上。小巴士撞倒的東西是一顆半人高的石頭，石頭上似乎用紅漆寫了什麼，旁邊還有個土坑，一群蟲蠅就圍繞在那個土坑上，久久不散。

蛋捲回到座位跟大家解釋：「各位抱歉，因為前一陣子有颱風，所以我們改走另一條舊路，不過這不會影響我們的行程，放心吧！」

其他人聽到後都放心了，楊雅晴也對蛋捲點頭，表示理解。

蛋捲發現林羽田不在位置上，她細聲問楊雅晴：「楊小姐，林小姐呢？」

「她剛才突然說要打電話，到後面去了。」楊雅晴也輕聲說。

蛋捲聽到後點頭，她往位置後面看了一眼，才回到自己的位置。

她背後的窗外已經是夕陽，楊雅晴看著蛋捲拿出乳液，一邊擦一邊對照名單。若要說這趟旅程中有什麼奇怪的地方，大概是遇到了一個很怕曬太陽的導遊吧。剛剛蛋捲靠過來時，身上也帶著濃重的防曬乳味道，不會刺鼻，反而有種香氣，但楊雅晴沒有很喜歡。

不過，誰沒有一兩個癖好呢？像她沒事就愛做菜。有同學不懂她洗洗切切就為了幾筷子的菜，不但菜貴還費工，現在外送服務發達，價格也差不多，為什麼她就喜歡自己做菜。

但就是喜歡啊！人本來就不可能將百分百的精力都投注在有用的事情上，有時候用一點小癖好打發時間讓自己開心，又有什麼不好呢？

她繼續坐在位置上等林羽田回來，順便看一下手機裡的照片。

另一邊，林羽田也正在用手機聯絡別人。

『拉哈艾？聽起來是原住民的語言沒錯啊！』族叔碎念著：『但我記得好像是沙——拉哈沙——，那是沙——的傳說，沙、沙、滋——』

最重要的名詞被雜音蓋過。

林羽田有些煩躁，她知道山中會影響訊號，但手上的手機被愛妮莎改過，照理說不該會有這種問題，難道真的到了很深山的地方？

小巴士因為改變方向而震動，也影響到林羽田的手機，『沙、沙……對了，我記得當時他們有個儀式叫……朱埋屍……』

林羽田摸著耳機皺眉，「朱埋屍是什麼？」

聽起來非常不吉利。

『是殺豬埋石，如果獵場有爭執……沙、沙、沙……妳注意……沙——』雜訊的聲音完全蓋過通話，小巴士似乎進入了訊號無法到達的地方。

林羽田無奈地拔下耳機，看來是真的斷訊了。她從巴士後面走回座位，可以從四周的車窗看到森林的景色，不管從哪個方向看出去都是綠色一片，她緩步回到楊雅晴旁邊。

「還好嗎？」楊雅晴讓路給林羽田，但車身因為行駛在山路上，總是不停震動，林羽田一不小心就跌到楊雅晴身上。

「小心！」楊雅晴下意識扣住林羽田的肩膀，扶她坐到靠窗的位置。

「謝……謝。」

林羽田沒想到楊雅晴會扶她，畢竟這種小搖晃，她自己可以應付。

「不會，妳剛剛打給誰啊？」楊雅晴好奇地問。

「我的親戚，問一些原住民的習俗，只是訊號不好。」林羽田看著窗外，車已經在半山腰了，「沒有問到什麼有用的內容。」

楊雅晴拍了拍她，「我都沒有看到什麼，或許已經沒事了，妳放鬆一點吧！」

林羽田看著車窗上的倒影，冷漠地嗯了一聲。她蓋上外套靠著窗，漸漸有想睡的感覺。

「妳累了就先睡吧！到了我再叫妳。」楊雅晴輕聲說。

「好。」

林羽田蓋著外套，突然想到蔡羅慈的抱怨。現在車上會這麼冷，是蔡羅慈要求的。她看著旁邊的楊雅晴，後者還很有精神地看著旅遊的簡介，心想或許這份疲憊是自己昨天遊戲玩太晚了？

她沉沉地睡下，直到再次被叫醒。

第二章　入村

「小田、小田……我們到了。」楊雅晴的聲音在耳邊響起。

林羽田睜開眼看了她一會兒，確定她真的是真人才起身，「好。」

楊雅晴提著行李，跟林羽田加入排隊下車的行列，一下車就有一股清新的氣息襲來。

自然一直存在於身邊，卻少有人注意到，好像只會在旅遊環保的議題中看到這個詞彙，大家平時更在乎社群的動態、娛樂、藝人八卦等等。

楊雅晴下車，拎著行李，感受到一種奇特的感覺。

腳下不再是平滑的柏油路，連水泥房子都少得可憐，她這才覺得自己真的從水泥森林出來了，周圍都是蟲鳴跟樹葉發出的沙沙聲，偶爾有幾聲鳥鳴。

雖然她們是來調查的，但仍感覺十分舒爽。時間在這裡好像不重要，一種山中無歲月的詩意讓人想讚嘆自然的美好。

而林羽田從車子上下來，馬上感受到一陣涼冷的山風吹過。高文樹說這裡可以看到雲海，可見海拔高度真的很高。她環顧周圍，發現沒有兩層樓高的房子，唯一比房子高的是綠鬱的樹。

具有一點現代感的是房子上掛著的霓虹燈，但更多的是火把的暖光。

村子裡的人大多穿著原住民的服飾，看到他們一行人，都回以純樸的笑容歡迎。甚至有專門接待的人，他們熱情地接過行李，讓人感覺像是貴賓一樣。

林羽田看著附近的地形。這個村子靠近山頂，左右還有更高的山，有一大片相當於操場的平整空地。以空地為圓心，周圍是攤販區跟小木屋之類的房子，旁邊還有簡易的棚子。

空地正中間已經用木材搭起了篝火堆，很有電影的味道，但又因為身在其中的真實感，讓人感到一種特殊的風格。

附近擺著一些木頭雕刻的柱子，跟他們在遊樂場看到的差不多。

最搶眼的，就是那些人都穿著深寶藍的族服，上面繡著精緻的花紋。雖然族服裡面還是一般的現代服飾，但許多人都做著類似的打扮時，他們這群只穿著現代服飾的人就像是異類。

更遠一點的區域似乎是廚房，已經冒出裊裊炊煙。而廚房旁邊是倉庫，再過去就是樹林，樹林裡的小路不知道通往哪裡。

沒有柏油路、沒有網路，他們要在這樣的環境中過三天三夜，林羽田看著緩緩沉下的晚霞，有幾分擔憂。

另一邊，楊雅晴發現蛋捲站在門口的小攤前。攤位上有奇特形狀的酒杯，上頭撐著很大的陽傘，以紅色跟紫色交錯，就跟平常在菜市場看到的一樣。

「各位，這是我們村裡的歡迎酒！」蛋捲走到攤位前，捏著杯身拔起酒杯。

那是很特殊的小酒杯，整體都是竹子做的。用刀砍掉其中一節，竹子就可以當作酒杯，更特殊的是杯子下面的竹身也被斜削成尖刺的樣子，讓竹子可以直接插在厚保麗龍板上，是一種獨特的擺放方式。

楊雅晴覺得很新奇，伸手輕輕一拔就把竹杯拿起來，然後遞給林羽田。

蛋捲確定旅遊團的所有人都拿到後，大家乾杯飲下這杯佳釀。

「歡迎你們！」

蛋捲微笑說完後，大家飲下只有大概一口的米酒。

「耶！」其他村民拍手高呼，現場充滿著歡迎的氛圍。

楊雅晴拍了幾張照片，忽然被蛋捲點名：「小晴，快點過來，我跟你們介紹一下！」

蛋捲把幾個長老模樣的人介紹給旅行團，那些老人也和藹地歡迎旅行團。

林羽田站在人群裡，抿了抿酒，口中嚐到微辣嗆燒的滋味，帶著酒精特殊的氣味。

釀酒的方法、發酵時間跟花費一年辛勞產生的穀物，那些人勞作時，相信土地會給予回報，卑微卻懷著希望的美麗心情，讓嘴裡的飲料有著淡雅幽微的甘味。

稻米的香氣一直隱約在鼻尖，曾聽人說渚茶野釀，足以消憂，她也漸漸有點放鬆下來。

此時已經是黃昏接近夜晚，外面的天色漆黑，他們一行人在蛋捲的安排下，拿到小木屋的鑰匙。林羽田跟楊雅晴一間，蔡家母女住一間，趙問言、蛋捲、高文樹則一人一間。

除了鑰匙之外，所有人都拿到一套族服，背心可以穿在衣服外面。

「如果在屋外一定要穿著，這是祭典的規定喔！」蛋捲提醒。

「好。」大家都回應後，各自提著行李到自己的小木屋前。

林羽田進入小木屋，在穿衣鏡前穿上族服。據導遊所說，這是部落賓客的服飾，她抿了抿唇，米酒的香氣還在，甚至有點眩暈感。她看著鏡子中穿戴好的自己，都有點不太認識這個人了。

「小田，妳好漂亮！」楊雅晴的聲音在背後響起。

林羽田穿著原住民的服飾，皮膚依舊白皙，但那雙炯炯有神的眼睛讓整個人有種高貴的感覺，甚至像是原住民的公主，散發著尖銳的氣質。

林羽田轉身，卻也被楊雅晴驚豔到。服裝居然能帶來如此大的改變，明明兩人都穿著便服，只是外面套上長背心的族服，就有種奇特的感覺。

明亮的大色塊旁邊點綴繁複的花邊，幾何的線條、紋路在木板房中特別鮮明，楊雅晴綁起小馬尾，額上戴著紅白花紋的額帶，膚色像是番木瓜未熟時的黃皮，衣服跟膚色調和得很好。

重點是她對著自己笑時，心彷彿被別人捕獲了，讓林羽田深深吸了一口氣。

「不好看嗎？」

林羽田吸氣的聲音讓楊雅晴疑惑，是不是自己穿起來很奇怪？畢竟林羽田穿起來比自己好看太多了，以外貌比較起來，她像是原住民的公主，自己只是一個路人的存在。

楊雅晴想換下衣服，但林羽田按住她的手，「……不要忘記我們的目的。」之後先走出門。

楊雅晴看著她的背影，「羽田真的是一刻也不放鬆耶！」看來自己要加油了！

而小木屋外面，林羽田緊握著拳，壓抑住自己的衝動，臉紅卻沒辦法壓下去。

為什麼楊雅晴做什麼都可以讓她心跳加快！

而且，想到兩人穿著同款式的衣服，情侶裝三個字不停在她腦海裡出現，又被她揮散。

不行，我不可以亂想！但她又不禁回想，甚至有種暈船的感覺，林羽田真恨自己為什麼這麼把持不住。

林羽田貌似不高興的表情被楊雅晴解讀成警戒，她鎖好門，就靠近林羽田並挽住她的手臂，「小田，妳還好嗎？」

「我——」

林羽田原本要講話，卻突然側過頭，似乎聽到了什麼，她舉手阻止楊雅晴開口。

楊雅晴不經意親到了林羽田舉到她唇前的手，但林羽田沒有發現，楊雅晴也安靜下來，兩人聽到附近有人在談話的聲音，想聽清是誰在說話。

「只要撐過今年這一場，你們就輕鬆了。」高文樹似乎在勸說什麼。

「我們真的很累了。」對方似乎還想爭取。

「今年是大祭，又有這麼豐富的祭品，再撐一下吧？」蛋捲和緩的聲音說。

「……好吧。」對方沉默很久，似乎被說服了。

她們還沒聽清楚，旁邊的門就打開了，高文樹跟蛋捲和一個拿著樂器的人一起出來。

楊雅晴聽不太懂，他們是為了演奏的事情爭執嗎？

蛋捲看到兩人，臉色有一瞬間僵住，但馬上變成和藹的樣子，「走吧！祭典要開始了。」

她將兩人帶到小木屋外的篝火堆旁，那裡已經點燃篝火，還有一大群人圍著，蔡家母女、趙問言等團員都到了。

部落的長老拿著麥克風講話，連外人都很認真地聽著。

楊雅晴注意到高文樹跟蛋捲都換上了族服，跟他們這種套在衣服外面的背心不同，他們的沒有拉鍊或者釦子，是只有綁帶固定的正式服裝。尤其高文樹更特別，他還將一把獵刀別在腰間，看來他在這個村裡有些地位。

大部分旅遊團的人都異常地配合，連路上最常抱怨的蔡家母女都安靜且配合地換上衣服，按部就班地聽從蛋捲引導集合。

「沒想到其他人也會穿這種衣服。」林羽田有點驚訝。

「因為他們有合法的獵槍吧！」

楊雅晴想到自己拿到的旅遊介紹，除了小木屋的器具跟行程，下面有大大的一行字寫著「長老合法持有獵槍，請不要亂丟垃圾或做出汙辱祭典的行為」。

這時，附近傳來音響測試的聲音。

「要開場了。」蛋捲小聲地說。

她們順著蛋捲的指引到某個地點，儀式的開頭由一個長老模樣的人講話，告一段落後才真正開始祭典。

周圍有人吹響樂器，原本聊天的人都安靜下來。楊雅晴聽不懂他們說的話，只是聽從蛋捲的指示，要牽手就牽手，有什麼動作就模仿對方做。

隨著夜幕降臨，低吟的歌聲緩緩唱起，天空變成了深藍夜幕，夜晚跟他們信奉的靈在清亮的歌聲中降臨。

人們圍成一圈，平視前方，有唱就有人和。歌聲並不歡樂，反而有些沉重莊嚴，但帶著一種平靜感。

林羽田跟楊雅晴加入他們的隊伍，明亮的火光配著月色，在這樣連手機都不能用的地方，讓人有種遺世獨立之感，搭配上低吟的歌聲，生出一種奇特的體驗。

這種低調的儀式反而讓內向的人沒有這麼害怕，動作也不需太大，就是牽著旁邊人的手輕輕踏步、緩慢地轉圈。但不知道是不是那杯米酒的作用，或者是低緩的節奏讓人慢慢放下心防，楊雅晴不再緊張慌亂，甚至能跟上那些人的節奏，牽著手一起踏步。

「如果累了或不舒服，可以去旁邊的椅子坐。這不是強制性的，渴了旁邊的飲料都可以喝。」蛋捲強調，「只要戴著那個胸章，東西都可以免費吃喝喔！」

其他人聽到都很開心，楊雅晴也去拿了一杯飲料，但直到喝完、餘韻湧上，她才發現裡頭似乎有加酒，只是站在火堆前很渴，所以冰涼的飲料下肚時她沒發現。

比起在遊樂場的驚呼緊張，這裡反而有些散漫、隨興的感覺，旁邊有提供煮好的餐點，還有標語寫著「請拿取自己吃得完的份量，不要浪費」。

所有人都這樣踏步、飲食，唯一稍微不配合的就是趙問言，他到處詢問別人的行為有些惱人。

「趙先生到底是做什麼工作？」楊雅晴忍不住問蛋捲。

「他是做直銷啦！這次是他的客戶幫他報名的，說只要他參加完就簽約。」蛋捲解釋。

「原來是這樣。」楊雅晴總覺得這一團裡，唯獨趙問言格格不入，「我就覺得他不像內向者。」

蛋捲卻搖頭，「其實他是喔！上上個月吧，他根本不敢跟別人說話，後來加入那個銷售團隊才積極起來。」

「這樣啊！」

似乎是很常見的直銷故事，原本內向的人因為加入直銷團體，就熱情、開朗、大方起來。

「喔對，等等有冥想活動，大概十幾分鐘後就可以去休息了，今天的行程就這樣，很輕鬆吧？」

「是啊。」楊雅晴認同地點頭。

這就是很……悠閒的行程，像是她媽媽會參加的老人團，上車睡覺、下車拍照買藥，然後唱歌回家的那種。

林羽田全程貼著楊雅晴坐著，默默觀察蛋捲，卻沒辦法發現這個人，甚至整個村子有哪裡不對勁。

但太過正常也是一種不正常。

「行程還有兩天，慢慢享受這一切吧！」蛋捲微笑地起身，走入人群中，人群也自動讓出一個位置給她，讓她牽起旁人的手一起踏步。

時間來到深夜時，高文樹把旅行團的人集合起來。

「來，我們去冥想祈求平安。」

高文樹帶著一行人往一個看似祠堂的地方走去。

冥想活動是這個旅行團最特別的地方，當初看到行程時，楊雅晴還有些擔心會不會是什麼斂財騙色的活動，但後來蛋捲解釋是所有人在同一個空間舉行，她才放心。

他們跟著趙文樹踏進類似祠堂的地方，楊雅晴原本以為他們要祈求平安的對象是放在門口紅木桌上的牌位，高文樹卻繼續帶他們走向地下室。

一行人到地下一樓，四周非常昏暗，只有蠟燭的小小火光。蠟燭被放在雕刻好的木雕內，微光跟黑暗讓木雕看起來很陰森，幸好路很直，她看到高文樹走在最前面，慎重地打開一個木門。

楊雅晴踏進木門，先進來的蛋捲已經點起火柴，然後一一點燃室內的蠟燭。

在蠟燭的微光下，可以看到一個供桌，桌上是一尊被遮住臉的神像。供桌上除了跟道家類似的花果跟線香，最特別的就是白色的麻糬跟檳榔。地面是水泥地，但有幾片木頭放在地上當作坐墊，剛剛好是六個。

除了蛋捲要在旁邊放音樂，其他人都選了一個位置，盤坐在上面。

「這是大祭才有的特殊待遇，等等我們會在這邊靜坐冥想。」蛋捲細聲解釋。

然後每個人都拿到一束芒草，跟著高文樹的動作做，先是閉眼祈禱，任由高文樹比劃，然後每個人對芒草做出折斷丟棄的動作。

「這是象徵把壞運丟掉。」蛋捲解釋。

楊雅晴拿到芒草時，除了芒草特殊的氣味，還聞到一種幽微的香氣，她環顧周圍，發現這個地方旁邊居然也有丹百合。

看到她的視線，蛋捲對她解釋：「我們族人會定期供奉新鮮的花朵。」

楊雅晴輕聲說：「原來是這樣。」

她正想問為什麼蔡柏婷身上有這種香味時，卻被高文樹打斷。

「各位，我們現在來盤坐冥想。」

其他人按照高文樹的指示閉上眼睛。

楊雅晴覺得很奇特，因為原本有點昏暗恐怖的地下室，閉上眼卻覺得溫暖且帶著香氣，大概是那些蠟燭的作用吧？

「各位都把背部挺直，然後坐好閉上眼睛，專注在自己的呼吸。」高文樹的聲音傳來。

楊雅晴閉上眼睛，隨著高文樹的指示呼氣吸氣，漸漸放鬆下來。周圍的人呼吸慢慢變為一致，她甚至有種跟其他人融為一體的感覺。

蛋捲點燃的香薰蠟燭，讓她身體更加輕鬆。

「注意你們的呼吸，達到一種安定的穩坐，吸氣——」高文樹的聲音適時地提醒。

其他人也慢慢穩定下來，大家的呼吸頻率達到了一致。

「呼氣。」

楊雅晴緩緩呼氣，發現思緒好像真的沒有這麼亂了，她繼續這樣的呼吸頻率。

「先穩定，然後感到安靜，安靜後你才能進入冥想的狀態。接下來可以想一些快樂的事情，讓心情愉悅放鬆。」

「然後重新感受周圍，放鬆、放心、放下，把心裡的門打開，把靈性之門打開。」

「接下來可以進入冥想，甚至可以許一個願望。」

楊雅晴閉著眼，聽到許願，反而有點皺眉。

她的願望是什麼？她想了很多，財富、健康、成績？

這時，她突然想到一個真正困擾她的問題，如果能知道小時候幫自己改運的那個人是誰……

高文樹的聲音提醒，「可以問自己的感受，問自己想要的結果是什麼。」結果嗎？

楊雅晴想到要把運改回來，還有……

原本她內心有很多答案，但最後她發現，其實她最想要的，其實是謝謝對方。因為她不捨得把命運改回去，也害怕改變命運之後，她會失去身邊的那個人，甚至……

她突然不敢想下去，因為意識到了自己的貪婪。

她不想失去現在這樣的生活。

她比別人多看到了一些東西，就算這些鬼魂或者妖怪很怪異，但也證明了她非常特別。

她突然有幾分羞愧，原來自己是這樣的人嗎？嘴上說著很困擾、害怕，但又沾沾自喜自己的與眾不同嗎？

「只要將靈性打開，各位記住，只要祈求，就能得到想要的。」高文樹說。

大家聽到這句話，都深深地吸一口氣。

「只要祈求，就能得到想要的。」高文樹又強調，「再次呼吸，加強自己的冥想，隨時保持呼吸跟平靜，因為自己最了解自己。最後請告訴自己，謝謝自己願意告訴自己。」

楊雅晴做完最後一次深呼吸，緩緩睜開眼。身邊的林羽田也剛張開眼睛，但不知道為什麼，兩人的視線都默默錯開。

冥想的活動結束後，他們又回到地面上。

「現在可以自由活動了，想休息可以先回小木屋。」蛋捲說完，大部分的人都坐到篝火附近聊天。

「這個儀式什麼時候會結束啊？」楊雅晴好奇地問。

「會一直到後天，族人會輪班去祈禱，妳們是自由參加的，所以妳們累了就去睡，離開也沒關係。」蛋捲一邊說一邊擦乳液，看到楊雅晴注意到自己的動作，她微笑地把乳液舉起，「肌膚也要補水，妳要擦一些嗎？」

「沒關係，謝謝。」楊雅晴對保養沒有這麼嚴謹，再說，也不確定膚質適不適合。

蛋捲也沒有勉強，她收起東西轉身加入人群，一起跳舞、喝下族人餵的米酒。楊雅晴跟林羽田則在旁邊看著，她們對這個村子還是很陌生。

「妳有發現什麼奇怪的地方嗎？」林羽田低聲問。

除了冥想跟地下室，其他並沒有什麼古怪之處，甚至經得起細問。這讓她感到有點壓力，像是走入很精緻的陷阱，卻無法抓住哪裡有古怪。

楊雅晴抿了抿唇回神，「沒……沒有奇怪的地方，至少沒有看到什麼黑影。從進入村子後，我好像就沒看到任何黑影。」

其實，這反而有點怪。在小巴士上，她曾經拿下護身符去看，偶爾會看到一些動物的黑影，但在這邊完全沒有，她的淨眼能力好像消失了。

林羽田思考後低聲說：「或許是祭典的關係，鬼魂不會過來。」

楊雅晴好奇地問：「有祭典，鬼魂就不會過來？」

「鬼魂跟神明有點像是執法者跟平民，通常會互相避開，尤其是祭典的時候，民間如果是神尊出現，往往有兵將隨行開道。」

「開道？」

「就是提醒鬼魂離開，或者乾脆排開鬼魂，好讓神尊經過。或許原住民的靈也是排外的，所以妳才沒有看到。」林羽田解釋。

聽完解釋，楊雅晴一時間不知道該說什麼，然後兩人陷入某種沉默，只是這種沉默是楊雅晴想問問題，林羽田卻以為話題已經結束了，轉而看著別處觀察。最後楊雅晴輕輕嘆口氣，她知道林羽田不喜歡她問那個問題，所以選擇投入活動中，跟其他人一起跳舞。

時間到了深夜，可以明顯感覺到大家都鬆緩下來。

剛進村子時，蛋捲交代過每天下午都有冥想活動，除了這個硬性安排的活動，其他都可以自由參加。趙問言甚至直接說，除了冥想活動，其他時間他都打算吃飽後開冷氣睡覺，最好直接睡三天。

大部分村民都是抱著善意，甚至熱情的，旅團的人可以憑著胸章免費吃喝，村民會熱情地把酒塞給他們。楊雅晴啜飲一口別人給的飲料，有趣地看著周圍村民熱鬧準備的樣子，連最容易緊張的蔡柏婷也沒有緊繃的感覺。

這時，篝火旁有人用族語歌唱，歌聲非常悅耳清亮，楊雅晴聽著，只覺得一切都可以在這個地方釋放，不論是悲泣或者愉悅。她的情緒漸漸被感染，所有人都穿著一樣的衣服，舉目都是兄弟姊妹的親近感。

蔡柏婷也喝了飲料，恍惚間，她覺得自己好像能聽懂那些歌詞。

清亮的月娘啊！
請敬告我們的靈
祭典開始了
族裡的姊妹兄弟都來圍成圈
尊敬靈……

但她還沒聽完整首歌，就被蔡羅慈推了一把。

「我累了。」

蔡羅慈覺得這種表演沒什麼好看的，甚至覺得那些人開懷的樣子刺眼又討厭。聽到母親的聲音帶著疲憊，蔡柏婷也無心再欣賞那些歌舞，陪母親回到房間。

當兩人走近小木屋，蔡家母女的聲音在門口，鑰匙轉動的聲音傳到房間內。

各個大同小異的房間內都掛著畫。她們房間的畫中有一個女祭司抱著壺，旁邊放著藥草，她身後有個躺下的人形，但是纏滿了繃帶，像是木乃伊，而且看不出性別。

隨著燈光亮了一下又熄滅，似乎有個黑影竄過這棟屋子，之後燈光又重新亮起，黑影已然消失，像是被燈光驅散了一樣。

※

楊雅晴在篝火旁坐著休息，時間到了深夜兩點多。

因為酒意，楊雅晴反而不覺得冷，在這樣平緩的氛圍下有點放鬆。她牽著林羽田的手，另一邊是不認識的人。

大部分旅遊團的人都去睡了，只剩下林羽田跟楊雅晴坐在旁邊。

「羽田，冥想時妳許了什麼願望啊？」

林羽田偏頭看著她一會兒，「沒有實現。」她偷偷希望可以有更進一步的關係，不過似乎沒有實現，因此也沒有太在乎。

「是嗎？」楊雅晴看著篝火說：「我也是，我祈禱可以知道關於我改名的真相，可是好像沒有實現。」她還是想不起來幫助自己的人是誰。

或許是因為疲憊跟酒精，林羽田難得輕聲說了一句：「或許不知道比較好，知道真相需要付出代價。」

「羽田。」

話中意有所指，但是楊雅晴被飲料裡的酒精影響，微醺的腦袋沒辦法理解，只是抬頭看著她，

她緩緩靠近林羽田，甚至近到臉都要貼在一起了。

「妳……」

「妳們兩個好厲害！」蛋捲的聲音打斷她們，她走過來小聲說：「通常這個時間都只剩我們

族人了，所以妳們其實可以去睡了，明天中午要一起用餐喔！」

「好。」楊雅晴起身，牽著林羽田一起回到小木屋。

在等林羽田刷牙時，楊雅晴已經先洗漱好，坐在床上等著睡覺。她還是有點醉酒的暈眩感，就坐在床邊有些發愣。

外面幾乎沒有歌唱聲，只有一點細碎的蟲鳴跟樹葉的沙沙聲。

她眼前是一幅畫，是掛在床邊的裝飾品，內容是一隻白鳥站在樹梢，位置剛好停在一個黑色圓圈中，是一幅普通又有著自然意象的圖畫。

恍惚中，她好像看到了一隻鳥活靈活現地站在樹枝上跳動擺翅，牠背後是一輪明月，只是黑跟白好像交換了，而黑月跟鳥又形成顏色的對比。

林羽田出來時，就看到一個醉鬼對著畫傻笑，「妳在看什麼？」

楊雅晴微笑地開口：「我好像真的醉了。」

「睡吧。」林羽田按住楊雅晴的肩膀，將她放倒在床上。

在楊雅晴的視角中，她從畫中被拉回了現實，但頭還有點暈。她躺在床上，看著林羽田在自己面前撐著身體。

林羽田背對著光，長髮垂到楊雅晴的臉上。她感覺有什麼鑽進了腦海，但是酒醉的眩暈還在，讓她只能呆呆地看著林羽田。

林羽田看著楊雅晴發呆的樣子，伸手摀著她的眼睛無奈地說：「我說，快睡。」

楊雅晴迷糊地點頭閉上眼，以沉睡結束第一天。

替楊雅晴蓋上被子後，林羽田到床的另一邊躺下。

隨著時間推移，天也漸漸亮了，而外面的火光變淡下來。並不是因為火熄了，而是天光讓火光不再顯眼。

火還是繼續燃燒著，但因為日光的關係，火光反而不會被人注意到。

這幅景象被隔絕在窗簾之外。

※

小木屋熄燈後，時間來到半夜三點，是人們陷入熟睡的時間。

高文樹才剛從外面回到自己房間，在整理東西時，門口傳來敲門聲。

「請進。」他對著門口喊。

走進門的人是蔡羅慈，兩人並不像在車上那般陌生，反而像是熟人。

蔡羅慈開門見山地問：「上次的方法很好，但……還有沒有更強烈的藥？」

「更強烈嗎？」高文樹想了一下，拿出一包夾鏈袋，「是有這個。」

「謝……」

蔡羅慈想要拿，高文樹卻不給她。

「妳真的不跟她再溝通一下嗎？或許給她一點空間。」

「我給她的空間已經夠多了！」蔡羅慈壓低聲音說，她正在努力壓抑自己的脾氣。

高文樹也看著她，從兩人認識起，這個人就已經偏離了家長的位置。

在育兒的領域裡，有一種父母被稱為「直升機家長」，比喻父母太保護自己的孩子，總是像直升機盤旋在兒女身邊，隨時準備干涉小孩。

但現在有更糟的「割草機家長」，這種家長更直接，不會等困難或挫折出現時才插手，而是一直走在孩子前面，像割草機一樣，隨時為孩子清除生活中的一切障礙。甚至不希望孩子獨立，要孩子照著自己整理好的道路走，就像蔡羅慈將蔡柏婷的人生都安排好了，甚至打算當她考上公務員，也將她的薪水跟休假一併管理。

「好吧，既然妳做了選擇。」高文樹把藥包遞給蔡羅慈。

就在蔡羅慈接下藥時，他忽然抓住蔡羅慈的手。

「她有跟妳說後果吧？」他的神色沒有在車上時的溫暖，反而帶著陰冷。

蔡羅慈的臉色則精采多了，一下咬牙一下猶豫，最後還是慎重地點頭，「我確定。」

「不能回頭喔！」高文樹強調，「還有妳答應我的事情。」

「我知道。」

「給妳。」高文樹看著她最後一次勸說：「既然妳做了決定，至少在最後對她好一點吧？」

「這是我的事。」

蔡羅慈陰沉地說完就回去了。她拿著藥默默地想，叫我對她好一點，那誰來對我好一點？那種人生越來越黑暗的滋味，我受夠了！

蔡羅慈回到房間用力敲門，「柏婷，幫我開門。」

門內的蔡柏婷因為敲門聲，驚嚇地抖了一下。她打開門，等母親進門後又關上，從旁邊的行李箱拿出母親的藥盒。

「媽，妳的頭還是很暈嗎？」蔡柏婷打開藥盒，發現有新的藥。

最近母親都會跟高文樹買一些茶葉，她看到是一般曬乾的花草茶，也沒有太在意。

「嗯，水。」

蔡羅慈點頭，接過水跟藥吃下去，然後拿了一小搓花草茶葉，泡在水中飲下。

喝完水，蔡羅慈才恢復精神，她對蔡柏婷用苦口婆心的語氣說：「柏婷，這次回去就去上班吧？妳跟主管銷假了沒有？」

蔡柏婷放下茶杯的手停頓了一下，然後低聲說：「媽，我們別講這個好嗎？」

「為什麼？妳明明考上公務員了，這麼好的工作，妳還要逃避到什麼時候？」蔡羅慈不懂蔡柏婷到底在磨蹭什麼。

蔡柏婷的腦海中閃過某些嘲笑跟噁心，但還是選擇溫和地說：「很晚了，我們先睡吧。」

「我這麼辛苦，還花錢讓妳出來玩，妳真的很公主耶！」蔡羅慈碎念著躺到床上。

但蔡柏婷只回以沉默，蔡羅慈才恍惚地想到，蔡柏婷好像說過不喜歡被說公主。

其實她也知道自己很嚴厲，加上事情如自己所願，讓她心情很好，所以用無奈的語氣開口說：「柏婷，媽知道妳不想參加，但是這樣做也只是希望妳好。」

蔡柏婷軟弱地抗議：「可是我醒來就發現自己在公車上了！」她知道要跟母親出門，卻沒想到是參加旅行團。

「我也沒辦法啊！妳要出門就要表現正常一點，我只能這樣做。」蔡羅慈替自己辯解。

蔡柏婷一直在看身心科，要出門遠遊甚至要醫師同意，但她一定要參加這趟旅程，蔡羅慈只好又用了那個方法。

蔡柏婷知道母親只是想要安撫自己醒來時就發現在公車上的事，只是對她而言，安撫的意思就是將她按死在聽話的狀態上。

「好，我知道。」她盡量選擇安全的答案。

但這樣的回答讓蔡羅慈很不開心，她口氣開始變重，「妳怎麼這樣回答，我是妳媽耶！難道妳是我老闆嗎？」

蔡柏婷馬上發抖起來，「沒、沒有，我知道媽媽是為了我，只是我真的……」她還沒說完就被打斷。

「對！妳看我為了妳多努力，當年為了妳，我吃了多少苦，妳乖乖聽話對我們都好啊！為什麼不能好好享受旅程呢？」

蔡柏婷沉默下來，靜靜等著母親的話。她知道母親的言語自成一個世界，而她只有「接受」這個選擇。

「柏婷，妳看妳的生活都是我在照顧的，妳說要做別的工作，妳能適應嗎？妳看妳都生病了，離開我，要是妳發病怎麼辦呢？媽媽是關心妳，妳從小到大都是我在保護妳，鬧彆扭不上課，我就幫妳請假，補習花掉我多少錢，還有妳看病看了這麼久，我花了這麼多錢還讓妳去上冥想課，妳也說有用啊！」

蔡羅慈從沒想過，或許蔡柏婷的病是因她而發的。

蔡柏婷在內心嘆息，她終究還是敵不過親人。都說家不是講理的地方，她雖然不甘願，但也習慣了屈從母親。

「我知道，我很感謝媽媽。」她必須嘴上承認母親的辛苦跟付出，但她在內心暗想，這個付出不是自己要的。

「妳看，我們講開了就沒事了嘛！」蔡羅慈拍了拍她，「明天買東西給妳，妳不是很喜歡吃烤肉嗎？」

蔡柏婷遲疑地說：「媽，我喜歡的是印章。」她很喜歡那些原住民圖騰的印章。

「那種沒用的東西，買什麼買！」蔡羅慈突然怒喊。

蔡柏婷被嚇了一跳，眼眶泛紅起來，她不知道現在該講什麼話，因為說什麼都沒有用。

她含淚可憐的樣子卻又激怒了蔡羅慈，她就是討厭女兒這樣愛哭的個性，好像別人都欺負她似的，外人只會覺得她在傷害女兒。

蔡羅慈越想越氣：「我好聲好氣地跟妳說，妳就以為自己可以作主了嗎？妳是在花我的錢！」

蔡柏婷被吼到別過臉，再也沒辦法思考要說什麼，甚至哭了出來，「嗚……」

聽到蔡柏婷的哭聲，蔡羅慈更生氣地舉起手要教訓孩子。當蔡柏婷別過頭準備承受耳光時，敲門聲打斷了她們。

「蔡媽媽、柏婷，妳們還好嗎？」蛋捲的聲音從門外傳來。

她原本也要休息了，是聽到兩人房裡有吵架聲才過來關心。

蔡羅慈用眼神警告地看了蔡柏婷一眼，對著門口說：「沒事！我們要睡了。」

「好，晚安。」蛋捲離開的腳步聲傳來。

「明天妳給我小心講話，不要讓我丟臉！」蔡羅慈說完，去廁所刷牙洗臉，準備就寢。

蔡柏婷先是被廁所的關門聲嚇一跳，然後深深嘆了一口氣。那是一口很長的氣，長到像是她人生的所有勇氣，都在這一聲嘆息上。

她知道母親能把家撐到現在不容易，任公職又生孩子、經營家庭，這樣的女人真的很有能力吧？但外人只看到光鮮亮麗的那面，沒看到母親熬夜苦讀的壓力，沒看到母親下班還要去市場，然後回來面對喊餓的家人，內心焦躁又忙碌氣苦的樣子，甚至沒看到……

她的母親從虛弱柔軟，變成了剛強可怕的樣子。

她知道那些強悍是為了保護家人的城牆，因此她很願意幫忙分攤各種勞力，但是這道牆隨著時間越來越厚實，最後變成囚禁的牆，把所有家人拘禁在身邊。

她不希望母親變成這樣，卻沒辦法阻止，只能聽話地去執行她的命令，直到她真的無法再繼續下去。但是母親眼裡已經容不得一個「不」字，只要她有任何跟母親相左的意見，都會受到像猛獸攻擊一樣的對待。

蔡柏婷又長長地嘆了一口氣，如果可以，真的希望有人能阻止母親。

她一邊想一邊坐上另一邊的床，躺在床上深呼吸，而旁邊的蔡羅慈一躺下就因為藥效，陷入深沉的睡眠。

如果可以，我也想快樂地去上班啊！

蔡柏婷安靜地躺在枕頭上想，眼淚順著眼尾流下，緩緩滲進枕頭，深深地嘆了一口氣。

這時，她聽到旁邊母親翻身的聲音，昏暗的房間裡都是陌生的家具，不知道是不是累過頭，她反而有點睡不著。

蔡柏婷側過身背對母親，這時她感覺母親又靠過來，她往床邊挪一下身體後，又陷入自己的記憶。

那時在公職補習班她就已經非常痛苦，因為班上有幾個態度很衝的人。她還以為成年人的補習班會比較乾淨單純，實際上根本相反，那些人會故意用很重的參考書撞她肩膀，然後大聲問她為什麼要擋路。她跟母親講這件事，母親也只會要自己大聲吼回去。

可是我就是會怕啊！

討厭去補習，也討厭公職考試，那些人也有可能考上，想到要跟那種人一起上班就覺得痛苦。

這時母親又靠過來貼著她，呼氣的氣息在她背後滾過，讓她焦慮又緊張。

蔡柏婷忍不住側身推著母親，「媽，妳不要再擠過來啦！」

但是母親的聲音從廁所傳來，「柏婷，妳醒了的話，幫我拿一下衛生紙！」

蔡柏婷聽到這句話全身僵硬，真正的母親到底是在床上擠她的人，還是在廁所找她的那個人？

她看著眼前可能是母親的人形，就在她極度害怕時，對方還往自己面前靠。

「啊！」蔡柏婷害怕地往前一推。

「哎呦，妳幹嘛啦！」蔡羅慈被推醒，感到莫名其妙，坐起身看著自己女兒，然後又被手機的光刺到眼睛，舉起手擋光。

蔡柏婷看到眼前是自己的母親才鬆了一口氣，剛想說話就迎來一巴掌。

她被打到臉偏向一邊，耳邊嗡嗡作響，但母親已經躺回床上。

「對妳太好就給我裝神弄鬼，我警告妳，不要再吵我。」蔡羅慈睡意濃重地回到被窩。

蔡柏婷則狼狽地躺好，不知道是剛剛的疼痛太真實還是怎麼了，那種詭異的感覺消失了。

她現在反而覺得死了會更好，想到這裡，她反而沒有這麼害怕了。

不過很奇怪，她之前的失眠、焦慮到這邊就沒有這麼嚴重了，或許高先生的冥想課程真的有用。

她躺在床上，正好可以看到掛在牆上的畫，又開始神遊起來。

或許是那個神明幫助了自己？

她閉上眼默念著想要入睡，夢境卻連通到過去的記憶。

其實她能考上公職，是有一個神明在幫她。如果沒有那個神明，恐怕她去補習班的第一天就想去跳樓了。

第三章　靈魂

半年前——

眞的太神奇了！

「那個導遊沒有騙我？」

蔡羅慈摸著自己的臉，緊盯著鏡子裡的容貌，用手輕捏一下，居然傳來隱約的痛楚。

「嘶——」

她一邊摸著自己的臉，一邊忍不住傻笑——這是眞的！

當初她爲了女兒不肯考公職，到廟裡求神拜佛、請求、威脅都嘗試了，無奈女兒就是寧願去私人的公司就職，也不願意聽話去考取公職。當她在路過的土地廟祈禱時，剛好遇到了蛋捲，聽到自己的祈求後，她居然說有個方法能讓女兒願意考取公職。

當時她也懷疑過是不是某種詐財騙色的宗教，但沒想到對方教她的方法很簡單，況且也沒有收她錢，她也就無不可地做了。

沒想到眞的能達到「改變」命運的程度。

時間寶貴，她趕緊拿出手機，解開手機鎖後第一件事，就是到報考公職的網站報名。

「我記得是這邊，然後塡寫資料……」

就這樣忙了幾分鐘，看著網頁變成成功送出的頁面，她滿意地退出網頁。

退出之後的桌布，是一對母女的合照。年輕的臉映在螢幕上，那應該是個名叫蔡柏婷的女孩，但實際上……

放下手機，她像第一次認真檢視這個房間，最想做的事情達成後，她終於有心情做另一件事。

她開始翻找搜查這個房間，直到她在書架上摸到一本書，書的重量卻跟厚度完全不同，她微笑地拉出來。

那是近年流行的書型收納盒，她打開盒子，裡面藏著一本日記。

「找到了！」她拿出日記，坐到床上翻看起來。

只見她臉上的笑容逐漸被陰怒取代，她咬牙切齒地揪緊書頁喊道：「蔡、柏、婷！」

晚餐時間，蔡家所有人都坐在餐桌，蔡爸爸絲毫沒察覺到母女間的對峙，悠閒地看著電視，而蔡羅慈一臉陰沉地把最後一道菜放上餐桌。

「媽，我不想考公務員。」蔡柏婷細聲地對坐在旁邊的母親說。

儘管她的語氣輕柔又小心翼翼，連動作都謹慎拘謹，但是她的母親還是像看仇人一樣凶狠地盯著她。

想到自己的未來，蔡柏婷強迫自己堅定地繼續說：「我有想要做的事，而且之前面試的公司……」

「妳還敢提那間公司！」蔡羅慈瞪著自己女兒，重重把菜放在餐桌上，看著自己女兒恨鐵不成鋼。

「我是為了妳好，妳想想現在公務員多穩定，而且只要不犯錯就可以繼續做，我不就是最好的例子嗎？」

「可是……」

「妳之前明明很乖的，現在都學會頂嘴了？我告訴妳，我補習班報名費都繳了，妳敢不去上課我就打死妳！」蔡羅慈凶狠地說。

蔡柏婷坐在飯桌前，她知道自己是不可能說服媽媽的，肯定連最後一絲妄想都不可能實現。內心的絕望跟恐懼讓她即便努力壓抑，眼淚還是不停滲出來。

她在桌子底下狠狠掐著自己的大腿，但是不論多疼，都無法抑止內心的黑暗。

砰！

蔡羅慈猛一拍桌子，看著女兒嚇到的樣子，「我警告妳，再這樣要哭要死的樣子，我就打死妳！」

蔡柏婷害怕得拿起飯碗，就算眼淚隨著她的動作滴落也不敢擦，只是機械式地夾菜配飯，然後用筷子扒飯塞進自己的嘴裡。實際上她根本就吃不出味道，味同嚼蠟。

晚上，她也只能藉口溫習，戴著耳機看著補習班的影片，然後看著老師的嘴開闔，只是木然地跟著筆記，腦海中卻有各種想死的聲音在竊竊私語。

她不懂自己明明大學畢業了，可以去做其他工作，為什麼非要考那個公務員？穩定是什麼她不知道，她只知道自己根本沒有一天能睡好覺。

果然，才剛上樓幾分鐘，她的房門就被無預警地打開，媽媽瞪著她又看了她的螢幕，確定她眞的在看補習班的影片，怒氣才消退一點，又跟她說了一堆要練習的話。但她只覺得好累好累，想要透過死亡沉眠在這個世界。

她家的高度可以讓自己跳下去就死去嗎？

萬一沒死成、半身不遂，會不會又天天都要看公務員的書？

想到這裡，她想死的念頭才消退了一點。她的房門不可以鎖，因爲媽媽隨時都會來檢查。

她的人生不是自己的，因爲她媽媽隨時都會干涉控制。

蔡柏婷嘆了一口氣爬上床，習慣性地抱著自己的娃娃入睡。

※

一開始補習眞的好痛苦，她像是誤入叢林的小羊，所有野獸都找到了自己的生存方式，唯獨她還在茫然。

她眞的好想逃，老師點她起來回答問題，她卻什麼都不懂，同學訕笑的表情讓她痛苦，最後甚至感覺眼前發黑。

突然有個聲音在她的耳邊說話：『不用怕，我來代替妳。』

『你是誰？』

蔡柏婷不安地問，但對方的聲音在她耳邊，甚至帶有一股力量安撫她。

『我是妳，另一個妳，我可以幫妳，把身體給我控制就好。』

蔡柏婷感覺自己瘋了，但是想到不用面對考公職的補習，又鬆了一口氣。

她同意把身體給那個聲音控制，從那天起，她的意識就開始分歧，她不記得後來自己是怎麼回家的，但考卷上的分數是眞實的。

不用面對考試眞的太好了，她漸漸開始習慣把意識交給「另一個」自己，眼前一黑再醒來，她討厭的事情就結束了。每次一到考試，她就感覺離自己的身體好遠，她越是沒有思覺，考試就考得越好；可是考試考得越好，她房間裡就有越多東西消失。

心愛的手作品、印章、針織飾品，甚至她心愛的娃娃，她不知道自己爲什麼會狠心丟掉那些東西，但是她的成績越考越好，連補習班老師都肯定她會考上公職。

「妳一定可以跟妳媽一樣考上公務員。」

老師明明是善意地這麼說，那句話卻讓她壓力沉重。

考試那天她沒有任何記憶，她記得前天晚上，母親還進來幫她把准考證跟用具放在桌上，說早上要檢查，但是她似乎考完就昏過去了，等她回過神，母親正溫柔地端來飲料給她，說辛苦了。

——考完了？我解脫了嗎？

蔡柏婷看著母親的臉恍神，就像課本、廣告裡慈祥又溫柔的媽媽，更像很小的時候，那個曾經的媽媽又回來了。

「我在做夢嗎？」蔡柏婷恍惚地問。

如果是以前，這種蠢問題一定會被母親罵。

「傻瓜，妳是眞的考上公務員了！」蔡羅慈還把榜單列印出來，因爲心願達成了，她心情很好地回應。

蔡柏婷看著母親開心的樣子，突然有種疑問浮上心頭：我的人生眞的很重要嗎？

如果考上公職可以讓家人開心，那又有什麼不好的呢？

她慢慢轉變想法，也慢慢覺得好開心，因爲考上公職後，以前那個溫柔的母親又回來了。

她終於有了想要紀錄的事情。雙腳觸到地面，確定這是眞實的世界後，她下床緩緩走到門口把門鎖上，聽到一聲輕微的喀達聲響起，才放心走到書櫃前。

小心翼翼拿出自己的日記，她翻開來，卻發出尖叫！

「啊！」

她的日記被人撕過，有好幾頁都被用紅筆畫了叉叉。她不敢置信地翻頁，有人不但翻看她的日記，還畫了這些東西嘲諷她。

那些最不想被知道的祕密，都被人窺探知曉了！

她震驚地看著日記本，這時門卻被打開了。

門板改變角度，讓走廊的光照入，門口的人影也映照進來。人影籠罩住蔡柏婷的身影，也讓她的內心被恐懼的黑影罩住，像是魔鬼降臨了這個空間。

——我不是鎖門了嗎？

「蔡柏婷，妳以爲鎖門就可以擋住我嗎？」蔡羅慈站在門口看著女兒。

「門……」蔡柏婷的語氣不解，「媽媽，為什麼？」

她舉著日記想要質問，但憤怒阻礙了她的語言，她的人生為什麼要這樣被人隨意翻看？

而母親在她考上公職後，溫柔如聖母的模樣也一瞬間崩毀，現在的母親在她眼中，像從地獄爬出來索命的惡鬼。

「我是妳媽，這樣妳才不會背著我亂來。」蔡羅慈說得理所當然。

「那是我的日記！妳怎麼能偷看？」蔡柏婷瞪著媽媽。此時這個女人卻一點都不慈祥，那個她想記錄下來溫柔的母親，不是眼前這個人。

「妳這是什麼表情？我為什麼不能看？我是妳媽！」蔡羅慈不高興地說。

「所、所以，這……些是妳……做的？」蔡柏婷不敢相信，講話也開始哽噎，因為她又害怕又生氣。

是母親就可以翻看她的日記，在上面打紅叉，然後撕毀嗎？

她隱密的心事被一一掏出來否定，根本就是精神上的凌遲。

「對！妳應該對我更尊重的。」蔡羅慈冷冷地說。

看到女兒畏懼自己，她內心卻升起得意，教小孩子就是會怕才有用，會怕才會服從自己。

——因為我是為她好啊！

蔡柏婷感到不可思議，她已經這麼聽話配合了，卻連日記都保不住嗎？

那個讓她可以小小喘息的文字紀錄，還有她身為人的情緒，那些不甘、害怕、疲憊的內心紀錄，更何況當初是媽媽要她養成寫日記的習慣的！

「爲什麼妳要這樣？」蔡柏婷哭著問。

「我是爲妳好！」蔡羅慈冷酷地說：「我花這麼多錢供妳讀書，不是讓妳暗戀誰或挑食的，而且妳……妳要去哪裡？我不准妳出去！」

蔡柏婷生氣地想要離開這個家，但是滿眼淚水地跑掉的下場並不如電視劇，她因爲看不清前面摔下樓梯。

身體因疼痛而下意識蜷縮起來，她痛得要死，雖然沒有摔死在自己家的樓梯，但也因此手腳挫傷，讓媽媽可以直接幫她收信、辦入職手續。

她只是絕望而沉默地面對這一切。

那本日記被她丟到瓦斯爐上燒了，她看著火舌捲走那本筆記，可愛的卡通圖案被火燒蝕，她甚至感覺不到害怕。直到火焰燒到她拿著書的手，她才轉身把殘燼丟進裝滿水的水槽。

水面上浮著一本殘破、只剩下書背的黑色書本，那被焚燒後的殘破就跟她的人生一樣——

※

蔡柏婷從夢中醒來，雖然不太記得內容，但心情像壟罩著烏雲一樣。

她踏進廁所刷牙，因為服藥的關係，她腦袋開機的時間也比別人長，因此她刷完牙看著鏡子檢查時，才想到昨晚的靈異事件。

昨晚她的媽媽變成兩個人，分別在床上跟廁所喊自己。

「嘶！」她深吸一口氣，害怕的感覺爬上身。

想到那些詭異的場景，她馬上跑去敲高文樹的房門。

「高先生，開門！快點、快點！」蔡柏婷急促地敲門，講話甚至不清晰，呼吸急促、冒汗、心跳加快，有點想吐跟暈眩。

她知道自己的恐慌症發作了，但是她不敢回房間拿藥，只能來找高文樹。

高文樹打開門，看到蔡柏婷就拍拍她：「柏婷！冷靜點，沒事的……」

高文樹一邊安慰她，一邊把她帶進房內。他把門維持在開啟的狀態，讓蔡柏婷背對門口坐下，自己則去端了一杯茶過來。

「這是花茶，妳先喝一口再慢慢說。」

蔡柏婷抖著手接過熱茶，紙杯透著燙人的溫度，但她反而能因此不再專注於自己的恐懼。

「有鬼，我們的小木屋不乾淨！」蔡柏婷強壓著自己的恐懼，一邊深呼吸一邊說：「昨天晚上，我睡在床上，我以為旁邊是我媽，廁所卻傳來我媽的聲音，我不知道誰是真的……」

她描述時又恐懼起來，呼吸越來越急促，甚至開始啜泣顫抖。

高文樹安撫地拍著她的肩膀，「沒關係，來，妳跟我一起冥想。現在是祭典的期間，可能是靈想要靠近妳所以調皮了，祂們沒有惡意的。」

蔡柏婷還是有些不安，在高文樹的引導下來到落地窗前，「可是……」

「我會跟蔡女士說妳需要冥想獨處的，還是妳要到外面餐廳，這樣妳媽也能找到妳？」

蔡柏婷遲疑了一下還是搖頭，然後坐在窗前，順著高文樹的引導進入冥想。

「妳記得，只要祈求，就能得到想要的。」高文樹的聲音很沉穩。

蔡柏婷覺得很奇特，每次高文樹的冥想都能讓她真的冷靜下來。她閉上眼，隨著高文樹的聲音呼氣吐氣，然後慢慢冷靜下來。

確定蔡柏婷進入了冥想狀態後，高文樹並沒有留下，他讓蔡柏婷一個人留在房間，自己出門。

他關上門時，可以看到他房間裡有一幅畫，是一個圓形旁邊有一些三角形陪襯，是典型的太陽圖案。

他剛剛關上門，背後就有人哼了一聲。

「我還以為你會做些什麼。」趙問言靠在門口說。

他的房間也是一目了然，床、桌椅的擺設跟其他人大同小異，房間內有兩幅畫，一幅是普通的花草樹木，另一幅則是奇異的錯視圖，似乎是以百步蛇黑白相間的花紋組成的漩渦，看久了會讓人眼暈，甚至覺得圖會動起來。

高文樹苦笑一下，說：「我不會對學員亂來，況且她已經背負很沉重的壓力了。」

「喔！」趙問言靠近他看了一下，突然歪著頭，嘲諷地笑說：「其實你很討厭他們對嗎？」

他沒有言明是誰，但他的語氣像是很了解高文樹。

高文樹看著他，沒有說話，也沒有否認。直到蛋捲過來打斷兩人，詭異的氣氛才散去。

「文樹，蔡媽媽在找女兒。喔嗨！趙先生。」

蛋捲似乎有意打斷兩人談話，趙問言也沒有多說，只是看著高文樹，像在等他的回應。

「我會去『處理』的。」高文樹深深看了趙問言一眼，「處理」兩個字似乎別有深意。

趙問言扣著門框的手有點用力。

高文樹沒有管趙問言，轉頭對蛋捲交代：「我去跟蔡媽媽說一下。柏婷有點不安，妳去房間陪她可以嗎？」

蛋捲點點頭，跟趙問言打了聲招呼就走進高文樹的房間，趙問言則沒趣地關上門。

——只要祈求，就能得到想要的。

冥想中的蔡柏婷想到母親經常這樣講。那時她躲在樓梯口，看著母親抱著一尊神像，神祕地回到房間。那是在她考公職前發生的事情，當時她只看到神像被小心翼翼地供奉在母親房內，但不知道祭拜的方式。

其實她根本不想參加這個旅遊團，但是她一睜眼就已經在車上，跟著一起去遊樂場了。她覺得莫名其妙，直到母親偷偷去找高文樹拿那些花草茶，還有冥想時的那句話，她才驚覺給母親神像的就是高文樹！

她記得自己第一次想接觸神像時，她在補習班看著考卷題目，腦子裡卻在想該怎麼知道祭拜的方法。

——如果可以知道母親在搞什麼，或許我也可以如法炮製？因為我真的快要受不了了！

那天回到房間，蔡柏婷忍不住咬著手指想著，順手抱起自己的小熊，卻發現有點不對勁。原本應該柔軟塞滿棉花的娃娃，現在有個硬塊。她沒有繼續動作，腦海裡有好幾個猜測，但她好像失去了驚訝跟憤怒的能力，甚至能跳過情緒，在腦袋中思考怎麼做比較好。

或許是太多的責打把她的本能磨掉了，她只是僵硬地抱著小熊，看似不經意地拿過指甲剪刀。

當她一點點剪開娃娃的縫線，發現裡面有個閃著綠點的機器。

她應該生氣地抗議，卻沒有力氣，只是木然地看著錄影機，眼神的絕望越來越深。

她甚至不敢轉頭，誰知道她床上可愛的娃娃中又有多少這樣的東西？

控制自己不夠，居然還要每分每秒監視……

她看著娃娃許久，情緒才漸漸湧上來，卻又變成太多的情緒，讓她必須壓抑自己。她在心裡說不能哭，哭了只會被罵，被罵很難受……

她壓著情緒拿出攝影機，上網查著這個攝影機的使用方式。這個東西會不斷錄影，直到三五天後沒電、需要充電，這剛好也是媽媽打掃自己房間的時候。

蔡柏婷的腦中浮現一個計畫。

她從自己塵封的收藏裡拿出一個馬克杯，敲碎後放入，然後笨拙地看著網路教學把娃娃縫好，之後將攝影機放到媽媽的房間，趁著對方洗衣服時，把娃娃丟到洗衣機。

她看著媽媽氣急敗壞地將娃娃拿起來，但娃娃已經浸濕了，裡面的碎片發出細碎的聲音。

她學會控制表情，微笑地問：「媽，怎麼了？我不是照妳說的把娃娃拿去洗了？」

看到媽媽忍著怒氣說沒事，她第一次有種快意，原來報復的感覺是這樣嗎？她用某種形式去反抗，讓媽媽不再能任意地控制她。

——原來我有這樣的能力嗎？

窗外傳來啾啾的鳥鳴聲，她張開眼睛看著窗戶，想起自己剛才來到高文樹的房間，想要求換一間小木屋。但經過剛剛的冥想，她突然覺得無所謂了。

所有的事情都不需要計較。

——陽光好暖啊！

其實，她原本想找高文樹問清楚那尊神像是不是他給母親的，但是經過冥想回憶後，她突然又覺得沒關係了。

不重要、沒關係、與我無關，有種輕飄飄的感覺，她反而覺得窗戶外的陽光很好，天空好藍。

她坐在高文樹房間的椅子上，手上拿著那杯茶。

就像廣告裡說的悠閒時光，她心裡沒再感受到狂風暴雨的痛苦，反而感覺好輕鬆。外面的祭典音樂很歡樂，加入那些人歌唱跳舞一定很有趣，她內心有個聲音在說話。

接下來的行程，也會很有趣吧？

第四章　外界

一天前，山腳下的醫院——

愛妮莎跟 **Pink** 分別躺在病床上，兩人面容枯槁。多恩的毒菇雖然傷害很大，但更痛苦的是不能做自己想做的事情，只能拖著病體躺在床上。

放在桌上的手機突然響起，來探病的多恩順手拿起來看。

「誰啊？」**Pink** 有氣無力地問。

「是羽田傳來的訊息，說她們參加了一個原住民旅遊團，要去參加十年一次的大祭。」多恩自己說完，又覺得有些奇怪，「最近沒有什麼慶典啊？」

她打開手機查詢旅遊網站。雖然每個月都有原住民的節日，可是這個月的慶典已經結束了，網路上能看到謝幕的影片。

她總覺得很不安，忍不住去拍拍床上的愛妮莎。

「愛妮莎、愛妮莎，醒醒！」

「嗚，別吵！」愛妮莎不高興地揮手，她就快吃完眼前的糖果山了。

「愛妮莎，小田她們好像去了奇怪的地方，我不能進去，妳用手機聯絡她們吧？」多恩說。

另外一邊，**Pink** 看著多恩的手機，「我先看看吧？」他拿走手機，最簡單的就是直接回撥。

『……對不起，您播的電話號碼沒有回應，請查明後再撥，謝謝……』

Pink皺起眉，「不可能啊，這是愛妮莎的電話耶。」

連他休假時回狐族都能接到的電話，在人類的部落卻收不到？

他說：「那個部落在哪裡？我下次休假要選那裡！」

「喂！小田失蹤了更麻煩好嗎？她不能失蹤，她可是我們這裡唯一的打手啊。」

多恩拿回電話又播了一次，「快接電話，然後跟我說地址！」

她也好想放一個不會被抓回來的假！

Pink對多恩投以鄙視的眼神，這時，愛妮莎終於醒了，她坐起來看著周圍，「怎麼了？」

「妳的電話打不出去。」多恩直接說。

愛妮莎不解地看著電話，「怎麼可能？」我的能力失效了？

她滑開手機群組，除了楊雅晴的訊息，林羽田只傳了幾個名詞。

大祭、十年、殺豬埋屍……

「十年……大祭？」多恩疑惑地組合字詞。

「很多文化祭典都有大小之分，像某些祭典是四年一次，但是每二十年或六十年就要特別豐盛。」Pink說。

「問題是哪個祭典的大祭。」多恩說：「光是北部的原住民族群就有六七族以上，要找出她們去了哪裡有點麻煩。」

愛妮莎也感到頭痛，「真的不能聯絡到她們，有人遮擋了我的探知。」

理論上，全臺灣她都可以聯絡到才對，這股力量卻可以跟她抗衡。

她看著自己的手，第一次開始懷疑起自己。

多恩聽到她的話，感覺更不好了，之後好奇地問：「雅晴呢？」

雖然楊雅晴才剛加入他們，明顯還在狀況外，但或許會有什麼線索。

「她昨天傳了團員合照給我，還有一些風景照。」愛妮莎想起自己看到照片的無奈，因為那些照片都沒有拍到重點，還有一堆人亂入。

她忍不住想到在眼科時，林羽田因為楊雅晴變得很不穩定，「其實，我覺得小田有點太保護她了。」

「有一點。」Pink聳肩，「不過我在請詭事件看過她們合作，雖然體能是絕對弱項，但她有某種不錯的能力。」

「確實。」多恩說。

「等等！雅晴有傳行程表。」

愛妮莎找到楊雅晴傳到雲端的行程表，所有人都靠過來看。

「有人看出什麼嗎？」多恩問。

「石板烤肉是真的石板嗎？竹筍湯無限量供應耶！」愛妮莎感覺肚子又餓了。

「這個花紋……」Pink看著原住民的服飾，有了些想法。

「喂！」多恩看著他們，「你們認真點，小田失聯是大事！」

「好啦。」愛妮莎轉回正經的態度，「以時間計算的話，從那個遊樂園出來，大概要四個小時的車程。考慮到山路跟距離，大概是在這一區吧？」她用電腦抓地圖，然後畫出一個區域。

「道族跟太族，夏爾族也在。」多恩看著地圖，「至少縮到三族，但太族有快九萬的人口。」

「雅晴說有一個導遊跟一個導師。」

愛妮莎看著楊雅晴上傳的照片，放大圖片後丟到資料庫對比。

高文樹的資料很快就跳出來，「他是高山土木系畢業，有原住民的名字。畢業後回到家鄉是滿常見的，不過他還有心理諮商師的頭銜。」

「有他的課程介紹，看起來只是普通的冥想課程……價格，哇嗚！」多恩看著後面的幾個零。

「如果他的課程可以讓BOSS找不到我，我願意花這個錢。」

多恩戳了Pink一下，「給點貢獻好嗎！」還翻了白眼。

「好啦。認真說，這個衣服的紋路應該是夏爾族的，你們看那個目紋、雷紋還有配色的部分，應該是他們的服飾。」Pink說出自己的觀察。

「木紋？」愛妮莎充滿疑問：「這不是納粹的符號嗎？」

Pink解釋，「是眼睛的那個目。目紋是菱形的花紋，夏爾族認為那是祖先的眼睛，然後這應該是雷女紋，不是納粹的卐字符號。」

「不是嗎？」愛妮莎很疑惑。

「在印度教、佛教、耆那教都有這個標誌，是代表吉祥好運的右旋卐字，後來被納粹黨選來當標誌，但其實許多文化都有這個標誌的變體。」

「如果是夏爾族的雷女紋，那就奇怪了……」愛妮莎看著網路上的資料，「夏爾族的祭典早就結束了，那小田跟小晴參加的是哪一場？」

愛妮莎用可怕的手速搜尋，在網路上找了很久。最後她放下手機嘆息：

「找不到，夏爾族只有一個祭典，而且上週就結束了，地圖上也沒有，他們的行程不公開，別人買的課程是在另一個地點。」

「這麼有反偵技能的旅遊團也挺稀奇的。」Pink 忍不住感嘆。

現代人極度依靠網路，因此愛妮莎的能力也特別強大，現在居然有愛妮莎找不到的人。

兩人聊了一下，這時才發現多恩異常安靜，都沒有接話，於是齊齊看向沉默的多恩。

「妳有感受到什麼預言嗎？」愛妮莎問。

多恩搖頭，不安地開口：「我剛剛突然想到一件事，是網路上應該沒有紀錄到的。其實更早之前除了夏爾族之外還有一族，只是那一族很可怕，所有族人都會魔法。」她也是因此被禁止入山。

「哪一族啊？」愛妮莎打開臺灣原住民部落的網站。

多恩再度搖頭，「查不到，他們應該來不及登記，好像比日治時期更早。十六世紀時，夏爾族還沒出現，是那個族的人們生活在夏爾族現在的地區。」多恩按著太陽穴回想。

愛妮莎眨眨眼，「十六世紀？今年是二〇二二年，這樣算起來，多恩妳……」

Pink 也有些驚訝地看著多恩，「沒想到妳的年紀有到……呃！」

病房裡唯一一把水果刀，一下紮在 Pink 的枕頭上。

「女生的年齡是禁忌喔！」多恩微笑地把手放到兩人的點滴架上，「雖然我是個巫醫，但是醫學相關的東西我還是懂一點。如果空氣跑到血管，就算是兩位體質奇特，可能也會不舒服喔！」

此時握著兩人輸液管的多恩特別可怕，尤其醫院好像是她的專區，這提醒了兩人為什麼多恩在地府調查中心會有獨立辦公室。

誤用愛妮莎跟 Pink 的東西，頂多會多一些傷口，還可以復原，但多恩的東西卻有一半以上都有致死性。

「咳！那個、多恩，妳還記得那一族的名字嗎？」愛妮莎果斷換了話題。

「以……」多恩努力回想，「想不起來。」

對方對她下了禁止回想的咒。

「不然看一下還有沒有其他線索？」

「對了，殺豬埋石是什麼？」Pink 看著群組問。

愛妮莎念著自己查到的資料，「那是原住民的一種儀式，原本敵對的部落和好或約定好共享獵場時，會殺豬後把豬埋在那邊，立一塊石頭。」

多恩補充說：「類似歃血為盟，把血滴到石頭上做標記。如果看到石頭就表示到達了邊界，最好不要再過去。」

「可是這樣也沒辦法得知她們去了哪裡，一個族有好幾個部落。」現在只能從 Pink 的判斷，推測她們應該是去夏爾族的場域旅遊。

「還有什麼線索嗎？」多恩無奈地想。

「我記得夏爾族最大的祭典，是妲艾祭吧？」Pink 說。

「妲艾祭結束了，有可能是別種祭典，況且早期的資料很難在電腦上找到。」多恩歪著頭想。她腦海裡有個名詞，但就是沒辦法開口描述，當初對方為了讓她不要再進山，下了很重的禁咒。

就在這時，愛妮莎的手機跳出資料。她剛才把楊雅晴傳來的合照送去比對，「借用」了一些網路資源。

愛妮莎看著資料，嘖嘖咂舌，「要湊這一車也很不容易耶！」

「公務員、學生、直銷業者、孕婦。」多恩看著手機上的畫面，每個人的資料都先顯示出最近的打卡資料。

「恭喜耶！居然考上公職，喔！她媽媽也是公職，不過退休了。」她們看的是蔡柏婷的資料。

「高文樹的冥想課程有所有人的名字，除了小田跟小晴。」愛妮莎皺眉，「她們跟其他人都不認識。」

她們會有危險嗎？

「我記得雅晴說，這是旅行團隨機邀請她們參加的。」多恩想到那朵丹百合，「如果羽田惹到的是那一族的人，恐怕沒有這麼好脫身。」

「可是妳說那一族沒有登記，那是搬走了嗎？」愛妮莎問。

多恩遲疑一下說：「不算吧！應該說是被現在的夏爾族併吞了，所以他們無法被登記，甚至連夏爾族都未必知道自己的血統。」

「不然查一下住處呢？這個姓高的，總會有住處吧？」Pink提出建議。

「沒辦法，他的住處地址是填山下的郵局。」愛妮莎看著高文樹的打卡點，最密集的地方是一座山的路口，但是再深入就沒有了。他們總不能在臺灣百岳的山中一一找人吧？

「規律呢？」多恩問。

「雖然很常到山下買東西，但是除了日常用品，很少有用餐的紀錄。感覺他都在山上，而且按照規律，現在是他五到六天的沉默期。」愛妮莎看著資料說。

社交軟體的發文時間雖然很規律，但是他去的地方好像不能用手機，網路地圖也是一大片綠色森林，要全部搜尋也要花個三四天。

雖然其他人的資料很精彩，但現在他們都在同一個旅遊團，還找不到人，這也太怪了。

Pink看了高文樹的課程影片，「除了貴了一點，倒也沒有什麼問題。」

「這個高文樹可以說是正人君子嗎？只碰女生的肩膀，絕對不碰腰。」多恩有趣地說。

「不過小田真的會有危險嗎？」愛妮莎懷疑地說：「畢竟小田本來就不容易死，更何況有雅晴這個開關在。」

「嗯……」多恩想了想說：「可是我還是想要那邊的地址。」

Pink不開心地說：「是我先要的耶！」

「哎呦，我也想要放假好不好！」愛妮莎嘟起嘴。

就在他們輕鬆閒聊時，愛妮莎的手機閃了一下，有訊息傳來。

「這個有點不對勁喔！」她看著訊息說。

這是楊雅晴傳來的訊息，但是非常不妙的內容。

『……■■祭，第二天……』

她的資料庫又跑出提示，那張照片裡居然有其他人，還是不應該存在的人。

※

第二天，中午吃飯時間。

楊雅晴跟林羽田已經慢慢融入這樣悠閒的生活，日常就是跳舞跟吃喝冥想，非常慢活舒適的感覺。

「長老們會在另一間吃飯，所以我們照自己的方式就好。」蛋捲重複交代道，她身上帶著乳液的清香，似乎剛擦過乳液。

楊雅晴跟林羽田用餐完出來，看到蔡柏婷慢慢走過來，而蔡羅慈好像沒有在旁邊，這是個接近的好機會。

「嗨，妳要進去吃飯嗎？」楊雅晴問。

蔡柏婷從房間冥想出來後沒有胃口，所以搖搖頭，「我坐在這裡就好，我沒有什麼胃口。」

楊雅晴繼續問：「妳還好嗎？」

「還好。」

「對了，妳怎麼會想來這裡旅行啊？」

「我媽……幫我報名的，她說要慶祝我考上公務員，找我來散心。」蔡柏婷看著遠處假笑，其實她對這裡的一切都很討厭。

楊雅晴看到她僵硬的笑容，猜想蔡柏婷或許不是真心想來的，看到蔡羅慈的強勢，任何人都能感覺她的無奈跟退讓。

沉默了一會兒，楊雅晴還是打算趁蔡羅慈不在問：「對了……其實我一直很想問妳，就是上次在露營區時，為什麼想邀請我們？」

夢境的事應該是某種諭示，但是上次在露營時遇到的事情是真實發生的吧？

「我、我也不知道，蛋捲說我應該熱情一點，不可以這麼內向，所以我就照她的話去做了。」

蔡柏婷講到蛋捲反而很平靜。

「妳是怎麼認識導遊的？」

「我們是大學同學。」蔡柏婷說：「不過，我媽也不准我跟她玩太久，她其實覺得山地人……呃！原住民都愛玩、愛喝酒。」

一旁沉默的林羽田聽到「也」這個字，看了蔡柏婷一眼。

而楊雅晴聽到蔡柏婷每句話都提到媽媽，忍不住問：「妳不覺得自己有點太常講到媽媽了嗎？」

蔡柏婷的臉色一變，冷漠地轉頭當作沒有這個人。

楊雅晴愣住，只是提一下就不跟自己說話了嗎？也太媽寶了吧？

林羽田的心思則飄到旁邊，拉過楊雅晴，「走吧。」她想到附近逛一下。

兩人在附近的攤商閒逛，林羽田如果想要買什麼就會掏錢買，還會請楊雅晴喝飲料，兩人的行為變成一種鮮明的對比。

蔡柏婷在心裡默默不高興，她也想要自己的好閨密、好朋友啊！可是她母親管得這麼嚴，她哪有時間交朋友？

她看向篝火，神情帶著一點落寞，陷入某種回憶中——

有遇過哪個神明對你有求必應嗎？你可能會說沒有，或者其實有過，只是你不知道。

或許信仰也可以解釋成親子關係，孩子把父母當成神明祈求，而大多數的父母都會有求必應，不是嗎？

但往往也有相反過來的關係，由父母不斷要求，小孩得犧牲自己、滿足父母的時候。

電視裡的聲音在整個客廳播放，『有些小朋友會不停延後自己的渴望，設法滿足父母的希望，儘管還想玩、想要東西，但只要父母說不行就壓抑自己……』

育兒專家在節目上大力呼籲，應該重視孩子的意願，但蔡柏婷知道自己的母親是不可能尊重自己的，在她們家甚至有一句萬用的話——用「為你好」這句話，強迫你做所有不想做的事情。

這實際上根本是在發洩她自己的壓力，細碎地折磨著孩子的心靈。

像補習班的公職小考成績不好，母親就擅自決定將她禁足，她一天要看十八小時的書，一個小時吃三餐跟洗澡、上廁所等等，剩餘五小時睡覺，睡過頭就不停撞她的房門。

更別說之前發現的攝影機。

蔡柏婷看著鏡子，她總覺得如果可以，母親會奪走自己的人生。

但她對這個想法已經放棄害怕了，她甚至覺得母親應該動手把她的人生拿走，至少她就不會再感到疲憊。

她去浴室洗了把臉，然後走到房間前面，打開房門又關上，卻依舊站在門口。她盯著門，直到聽到樓下傳來機車的啟動聲，她才重新開門，走到母親的房間，從書櫃拿出那個攝影機回到房間。

「這裡面就是答案吧？」

她會在補習班失去記憶，是因爲母親對她做了什麼事吧？

取出記憶卡，她看到母親小心地打開密碼櫃，從裡面請出蓋著黑布的神像。然後她默默記下步驟，把神像擺在桌上，跪拜後掀起黑色的布……

「咦？」她不解地看著神像。

神像沒有面目，但是看身形是個女性，到這邊雖然有點詭異但並非不能接受，接下來的事情才讓她害怕。

母親不停跪拜到最後停住了，神像身邊開始有黑色的霧氣圍繞，然後黑霧像有意識般鑽入母親的嘴裡。母親身體的某處發光後又變成黑紫，之後母親卻像沒感覺一樣，把神像收拾好離開。

蔡柏婷傻眼了，那個黑霧是什麼東西？

而且祭拜神像不需要三牲素果？不需要金紙嗎？

這時聽到母親的機車聲回來，她快速把影片關掉並把攝影機歸位。

母親的腳步聲傳來，表示她正一步步走上樓，蔡柏婷也緊張地把東西放好，卻把書弄倒了。

聽到書本的聲音，蔡羅慈加快腳步上樓，推開女兒的房間門。她的門已經沒有鎖了，只剩一個洞在門上。

蔡羅慈推開門，發現蔡柏婷不在房間，激動地喊：「蔡柏婷！」

與此同時，廁所傳來沖馬桶的水聲，蔡羅慈便過去拍打廁所的門：

「妳給我出來！妳是不是又躲在廁所玩手機！再過一週就要正式考試了。」

「知道了。」蔡柏婷打開門冷冷地說，默默回到房間繼續看書。

蔡羅慈卻跟進來不停碎念。

「我是為了妳好！只要再一週，妳就解脫了。」

聽到為妳好三個字，蔡柏婷卻更痛苦，因為她很清楚一旦考試通過了，接下來的人生都會被母親掌控。想到這裡，她忍住自己的淚，深深吸氣阻止自己想哭的心情。

「妳不要裝那種臉，我有虐待妳嗎？我都是為妳好耶！」

「讓我安靜看書可以嗎？」蔡柏婷啞著聲音說。

從無數次的毆打跟咒罵中，她早就知道如果繼續軟弱哭泣，只會挨更多的打跟罵，唯有自己冷靜地去做那個人想要的事情，才能獲得短暫的寧靜。

等到凌晨，蔡柏婷找到空檔就跑到母親房間。她真的受不了了，她學著母親的樣子把神像請出來。

「拜託，我不想去考試！我眞的不想去……」

她恨透了這一切，她想要搬出去。

神像卻依舊沉默，蔡柏婷看著神像祈求，「我什麼都願意，只要能離開她！」

這句話像達到了某種條件，她眼前突然一片模糊、耳邊傳來雜訊。蔡柏婷因爲沒辦法感知周圍，非常慌亂。在這之中，有東西靠近了她。

她一開始很害怕，直到想起這就是她想要的！

腦海中，突然響起一句話，『只要祈求，就能得到想要的。』

因此她更賣力地祈求，接下來她聽到了另一句話。

她僵了一下，但一個想法忽然閃過腦海，接著她愼重地點頭微笑，自言自語：

「我不在乎，只要可以解脫就好。」

※

楊雅晴跟林羽田逛了一圈又遇到蔡柏婷，剛想問她花香的事情，蔡羅慈就氣沖沖地走過來，一把抓起蔡柏婷的手臂。

「妳是故意讓我丟臉是不是？」蔡羅慈一手抓著蔡柏婷的手臂，一手拍打蔡柏婷的屁股，像是抓著小孩教訓的家長。

楊雅晴伸手攔她，「蔡媽媽，有話好說……」

「妳別來插手！我早就看妳們不爽了，兩個女生摟摟抱抱，丟臉又噁心。」蔡羅慈不客氣地說完，轉身繼續打蔡柏婷，「還有妳，我一不注意就亂跑！」

「媽，對不起，我錯了、我錯了！」蔡柏婷一邊喊一邊抱著頭發抖，慌張害怕地看著蔡羅慈。

楊雅晴則被蔡羅慈的話刺激到，忍不住回道：「妳什麼意思？」

她跟林羽田只是朋友，為什麼要說她們噁心？摟摟抱抱又怎樣，林羽田又不討厭……吧？

楊雅晴不敢看向林羽田，執意面對蔡羅慈，但蔡羅慈才不管她，只是對著蔡柏婷怒吼：「跪下！」

蔡柏婷怕得不得了，只能乖乖跪下，讓蔡羅慈拿雨傘打在她的身上。

「敢跑去找男生，下賤！」她一邊罵一邊打，蔡柏婷去找高文樹的舉動激怒了她。

周圍的人都退開圍成一圈，一個舞臺就此產生。

這是一種精神凌遲，所有人都在看著蔡柏婷，她最丟臉的那一面被幾十人圍觀，這讓她恨不得立刻死去。

蔡柏婷跪在地上，沒辦法看到蔡羅慈此時威嚴的面容上，嘴角帶著一絲殘忍的興味。因為她身為母親，可以用這種命令的方式，摧枯拉朽地將自己孩子的自尊踐踏在腳下，一種權力至上的感覺油然而生。

因為我是母親、長輩，所以我的命令不管多丟臉都要做到，不可以反抗、違逆我，我就是天、就是規則！

蔡柏婷的軟弱餵養了蔡羅慈的控制慾，剛從嬰兒成長時期，所有的情緒裡，她最先學會的就是害怕。就算多年後她都長大成人了，服從性還是讓她不停退後。

但她真的覺得自己已經沒有退路了，她的手緊緊攥成拳頭，反抗的念頭在她的腦海生成，但畏懼母親的情緒也同樣壓制著她的行為。

「喂！妳們不可以這樣！」

高文樹走出來阻止。

當蔡羅慈又打算像吼楊雅晴一樣吼人時，他拿出刀子，狠瞪著蔡羅慈。

「不准在祭典上鬧事！」他眼神凶狠，手上的獵刀閃著光。

「我是為她好，我在教訓自己的孩子……喂！你拿刀幹嘛？」蔡羅慈看著那把獵刀，這才放開揪住蔡柏婷的手，防備地看著高文樹的動作。

而蛋捲走過來扶起蔡柏婷，「來，我們去旁邊。」

「蛋捲……」

蔡柏婷遲疑地看向蔡羅慈，發現母親畏懼著高文樹的刀子才狼狽起身。

楊雅晴也上前拿衛生紙幫蔡柏婷擦膝蓋的泥土，然後陪蛋捲把蔡柏婷送到房間。

蔡羅慈瞪著高文樹身後的蔡柏婷，卻畏懼他手上的刀子，只能咬著牙強調：「那是我女兒，這是我家的事。」

「柏婷已經夠害怕了，蔡媽媽，妳花錢是讓她來放鬆的吧？」高文樹說完，半拉半威脅地把她帶到祠堂。

一被拉到祠堂，蔡羅慈馬上甩開高文樹的手，「夠了吧！你憑什麼命令我？」

「蔡羅慈！」高文樹拿出刀子，在手上把玩，「我們祭典期間禁止吵架，況且妳以為我只有妳一個客戶嗎？」

「你是什麼意思？」

「我隨時可以換一個客戶，蔡小姐。」高文樹瞪著她，「去罰款箱投一百，因為妳不該在祭典上打罵別人。」

「可是……」蔡羅慈不喜歡這樣被人命令，從來只有她可以這樣對女兒。

高文樹把刀橫在蔡羅慈頸邊，「做就對了！我是……」他貼在蔡羅慈的耳邊：「為妳好。」

蔡羅慈瞪著高文樹，被自己最常說的話噎到啞口無言。她不高興地拿出錢包，丟了一百元到箱子裡。

「高興了吧！」她舉步離開這個羞辱她的地方。

「……」高文樹想說什麼，但還是目送她離開。

有些人聽不進別人的話，所以他還是想要留一點餘地給蔡羅慈，希望她可以自己想通一些事。

※

一場莫名其妙的爭吵在剛才結束了，林羽田卻不在現場，而是在村裡的廚房附近。

這邊除了是主要道路，旁邊還擺放了很多木材，她拿著手機在附近繞，想要找個有訊號的地方。因為她還是覺得怪怪的，畢竟她的手機被愛妮沙改過，沒道理只是在山上就不能通訊。

剛剛廣場上好像發生了什麼事，趁其他人都張望圍觀時，她抓住機會往偏僻的地方去，希望能找到有訊號的地方。

路過廚房時，她只來得及往裡面瞟了一眼，就馬上被人趕走了。

就在她要放棄時，突然看到一個人從廚房出來，她馬上躲到附近的竹林裡。那個人也沒什麼注意周圍，只是用臉跟肩膀夾著手機，手在木材堆裡翻弄。

講了一會兒電話，那個人才又回到廚房。

林羽田好奇地想走過去，或許那個地方是有訊號的，但是剛要靠近，高文樹突然出現在身後。

「林小姐，妳怎麼在這裡？」

高文樹的話中有幾分戒備。

但是不遠處的楊雅晴聽到林羽田的名字，也跟著過來。

「小田，妳怎麼在這裡？」楊雅晴下意識地走到高文樹跟林羽田之間。

林羽田原本想要說什麼，但她選擇順勢抱住楊雅晴的手，小聲在她耳邊說了聲：「廁所。」

楊雅晴天然地指著另一邊，「廁所在那邊啦……高先生？怎麼了嗎？」楊雅晴後知後覺地發現高文樹正看著兩人。

高文樹不是去安撫蔡羅慈了嗎？

「這邊是禁地，廚房很重視衛生。」高文樹警告道。

這個林羽田一直都躲在楊雅晴身邊，因此他的態度只是嚴肅，沒有到嚴厲。

楊雅晴點頭表示理解，「我知道了，小田，我帶妳去廁所。」她帶著林羽田去另一邊的廁所。

其實，她不相信林羽田只是在找廁所，但是剛剛她就是想要保護林羽田，即使她知道林羽田其實有能力保護自己。

林羽田抱著楊雅晴的手臂，感受到背後有很多視線，是那些村民在監視她嗎？

詭異的是，當兩人走向小木屋時，林羽田趁機往背後看，卻發現背後什麼人都沒有，連高文樹離開、走去哪裡都沒聲響。

情況不太對勁。

「羽田，妳剛剛沒看到，蔡媽媽居然當眾打她女兒耶！」楊雅晴一無所覺地說。

林羽田馬上被這件事情吸引了注意力，「為什麼要打她女兒？」

「好像是蔡小姐跑去找高先生，蔡媽媽起床後沒看到人就直接發脾氣，讓女兒在大庭廣眾下罰跪，蔡小姐好可憐。」楊雅晴講到這裡有些不忍。

親子關係真的沒得選，雖然她經常受到媽媽的冷落，但也沒有這麼嚴重。

林羽田有些不安地說：「祭典上不是應該不能有壞情緒嗎？」

任何國家，甚至群落的文明裡，祭典裡都是不可以有暴力跟咒罵的，就算有也是特殊的儀式，而不是這種外人自己的衝突。

「對耶，這樣會不會影響祭典？可是其他人好像看一看就不管了。」

「我去問看看。」

就在林羽田找了一個較年輕的人，準備要問時……

「等一下！」蛋捲突然出現，制止林羽田，「請不要亂拍族人肩膀，我們不喜歡這樣。」

「喔，好。」

林羽田遇到外人時，都會躲到楊雅晴背後，楊雅晴也擋著蛋捲看林羽田的視線，「蛋捲，柏婷還好嗎？」剛剛蛋捲把她扶走了，現在不知道怎麼樣。

「她去我房間休息了，其實她們母女之間……唉！別說了。」她苦笑，別人家的事情她也不好多說。

「對了，那蔡媽媽這樣，會影響祭典嗎？」楊雅晴問。

「高先生有請她去罰款箱繳錢了，我們這邊就是這樣，在祭典期間吵架就要罰一百元，這些錢會當作下次祭典的費用。」

聽到我們這邊幾個字，楊雅晴好奇地問：「妳也是當地人嗎？」

「對啊！我從小在村裡長大，這裡的事情都可以問我。」

「這個祭典，到底是在祭拜誰啊？」林羽田突然問。

蛋捲愣了一下，笑說：「林小姐，妳是喜歡追根究柢的類型嗎？」

但林羽田沒有被這句話帶走，只是專注地看著蛋捲。

蛋捲只好無奈地說，「簡介上就有寫啊！這是我們的祭靈活動，是祈求豐收的活動。」

林羽田點點頭，這時楊雅晴突然想起某件事，又好奇地問：「蛋捲，一馬……哈火，是什麼意思？」

遊樂場裡的那個婆婆雖然沒有念出後面的字，但從嘴型看應該是這個音。

蛋捲卻驚訝地問：「妳從哪裡聽來的？」

第五章 女社

十分鐘前——

蛋捲在房間安撫蔡柏婷。

「還好嗎？」她遞了張衛生紙給蔡柏婷。

蔡柏婷哭得滿臉眼淚、鼻涕，接過衛生紙又開始抱怨，「蛋捲，為什麼她要這樣！」同樣的開場白已經聽了很多次，蛋捲還是好脾氣地配合說：「我……」

但她還沒說完就被打斷。蔡柏婷沒有意識到自己正在重複母親打斷別人的行為，只是在好友面前不停宣洩自己的情緒，「我媽明明自己最愛面子，都用我的名義要飲料、要東西，但是輪到我要面子，她卻一點都不給！我不是人嗎？不需要尊重嗎？」

被當場罰跪很丟臉，她年紀這麼大了，只是去高文樹那邊冥想一下，她的母親連問清楚都不肯就罵她賤是為什麼？

蛋捲聽到她的抱怨，內心無奈地想：那妳為什麼還要留在家裡？不就是因為有人照顧嗎？

「不然妳搬出來？」蛋捲拿出那個普遍的建議。

「我……」講到這邊，蔡柏婷又哭了，「我不敢啦！我媽說外面都是壞人。」

「不然我們聊點其他事，妳知道我……」

蛋捲想講自己的近況，卻又被打斷，蔡柏婷搶著抱怨：

「不是啦！蛋捲，妳先聽我說，我媽真的好過分，她怎麼可以做這種事情……」

她不停抱怨，抱怨她的媽媽、抱怨自己怎麼命這麼不好，全部都在說自己，絲毫沒有在意過蛋捲的表情。

曾有人說「可憐之人必有可恨之處」，意思是某些人是可憐，但深入了解後，那些罪過、災禍可能都是自己造成的。

如果用到蔡柏婷身上，或許還要加上下一句「可恨之人必有可悲之苦」。她的抱怨都是蔡媽媽造成的，在她還是孩子的時期，母親怨恨周圍的毒，已經滲入到柏婷的身體。當時的她不能逃，因為孩子沒有獨自存活的能力，也不知道要逃，因為父母不會教導她，他們其實是錯的。

只是如今她都成人了，滿口抱怨，但一觸碰到離家的話題，她還是龜縮不前，不肯面對。更何況蛋捲也有自己的難處，身為朋友，她已經聽過太多一樣的內容，但是蔡柏婷有關心過自己嗎？沒有。

蛋捲看著蔡柏婷，眼前的人永遠覺得自己最可憐，最需要別人傾聽，但她從沒有聽過別人講話。

想到這裡，蛋捲忍不住有些生氣，「算了，妳先冷靜吧！」

她重重關上門，震動的幅度讓房子裡的畫作震了一下。

蔡柏婷不高興地低喃：「明明是我被打耶！為什麼都沒人在乎我？」

蛋捲沒有管她，剛回到廣場，正好看到林羽田要拍族人的肩膀，她趕快過去阻止，也開始跟楊雅晴閒聊起來。

「一馬……哈火？還是伊瑪哈惑？」蛋捲好奇地問，她記憶裡最接近的詞彙只有這個。

「對對，就是那個。」楊雅晴說：「伊瑪哈惑。」

蛋捲想了一下，覺得不會影響祭典才開口：「喔，那是老一輩的神話，我們去旁邊說。」

蛋捲把兩人帶到旁邊，在休息用的棚子裡跟楊雅晴介紹，關於楊雅晴提到的，在遊樂場遇到的老人說的詞——伊瑪哈惑。

蛋捲回憶了一下，說：「其實在早期的一九一五年，登記的高山族有十三多萬人，當時各族分布在臺灣各地，其中除了靠近雪山山脈的夏爾族之外，還有一個更小的氏族分支，在我們的神話裡叫『伊瑪哈惑』，指的是只有女人的部落。」

「所以是像女兒國那樣。可是沒有男生，怎麼有下一代？」楊雅晴不解地問。

蛋捲解釋：「對，部落裡只有女人，如果想要有孩子，祭司就會去山上舉行儀式，之後就會懷孕。據說伊瑪哈惑還是會生下男嬰，但會將男嬰丟出部落。傳說伊瑪哈惑的人都會魔法，而且身材矮小，她們活得很自由，夏爾族也會去找她們幫忙，祈求豐收。」

她講故事時，高文樹也靠過來：「妳們怎麼在聊這個？」

「就想了解一下。」楊雅晴說著，林羽田又貼到她身邊。

高文樹也幫忙補充，「其實有一派說法，是夏爾族的祖先是伊瑪哈惑丟掉的男嬰存活下來，慢慢形成了夏爾族部落，目前夏爾族是男生說了算。」講到自己的族人，他不自覺地帶著驕傲。

蛋捲站在高文樹後面，配合地彎了彎嘴角後說：「現在我們的祭典就是感謝，並懇求伊瑪哈惑的祭典。」

「所以，伊瑪哈惑是夏爾族的祖先嗎？」

楊雅晴感覺有點被繞暈了，那原住民口中的祖靈跟伊瑪哈惑差在哪裡？

「不算祖先，算是靈。」蛋捲說：「所以我們是祭靈，但不是祭祖靈。」

「為什麼要懇求她們？」楊雅晴問：「難道靈比祖靈厲害？」

蛋捲說：「對，在我們的神話裡，伊瑪哈惑教了我們農耕跟巫術。只是她們也會作弄村民，我們的祖先想作弄回去，卻發生意外，導致害死大部分的人，只留下兩個伊瑪哈惑的成員，所以才需要舉辦祭典懇求她們原諒。」

高文樹跟著說：「據說活下來的族人詛咒夏爾族，讓我們的田地永遠無法豐收，所以我們只好每年辦祭典，直到她們於心不忍，答應留下來教導族人學會再回去，這樣我們才能繼續豐收，而這個祭典就這樣保留下來。」

為了祭典，每年都要製作特殊的祭品道具，這是他們這一族獨有的文化表現。

高文樹又道：「其實，還有另一個有趣的傳說。她們曾用山棕葉詛咒，但後來另一個成員勸告她們，所以詛咒沒有完成，夏爾族才能存活下來。如今山棕才會長成一條一條的形狀，我們族人還會用山棕做掃帚。」

「那個很容易讓人過敏，況且現在的塑膠掃把更好用。」趙問言突然插話：「到處找不到你們，結果你們都在這裡啊？」

「嗨，我們在聽蛋捲說故事。」楊雅晴對他揮手打招呼。

趙問言走過來，手上拿著飲料一邊喝一邊聽。

「我們辦祭典時也有娛靈的項目，村人也會舉行比賽。為了這場比賽，很多人都會回來，甚至訓練很久。」蛋捲說。

「喔對，我過來是想提醒你們，等等會有射箭比賽，所以盡量不要亂跑，避免受傷。」高文樹想起自己過來的目的，特別叮嚀大家注意安全。

「射箭比賽？」楊雅晴沒有想到還有這種活動。

「做一個好獵人很重要，這是要考驗我們捕捉獵物的能力。」高文樹笑說：「妳們等等就可以看到了！」

楊雅晴發現，旅行團的人中除了吵架的蔡家母女，其他人都在等活動開始。

在篝火旁，有人用樹枝在地上畫了一條線，當作不可以超過的界線。很快，有族人帶著弓箭到篝火旁，真的有幾個人穿著獵人的服飾，手拿著丁黃木材質的弓箭做出準備的動作。

在楊雅晴眼中，眼前的畫面像是原住民博物館裡的展示活了起來一樣。

旁邊有人吹哨，表示活動開始。

跟普通的射箭比賽一樣，一排人揹著弓箭站在一起，但是楊雅晴看到他們整齊地舉起弓時，感覺有點不對勁。

似乎少了什麼？

對了，一般這種比賽會出現的箭靶呢？

這時她才意識到，遠處並沒有箭靶，反而是旁邊傳來一聲刺耳的哨聲後有翅膀拍動的聲音，遠處有一大群的鴿子飛出來。

她還沒反應過來，那些人已經舉起弓箭，瞄準拉弓，瞬間就有幾隻鴿子落地。

周圍的歡呼傳來，但楊雅晴看著小動物被貫穿，有點不太舒服。

「我們也歡迎外人參加喔！」高文樹看著楊雅晴，似乎有邀請她的意思。

楊雅晴搖手拒絕，「我應該沒辦法啦！」她看向身後的林羽田。

真正的獵手在這裡，不過這是人家的地盤，應該讓林羽田參加嗎？

林羽田原本也要搖頭，「我……」

「第一名聽說會被祭司祝福，到時候也可以得到喜歡的人青睞喔！」旁邊有人說。

「我要參加。」林羽田肯定地說。

比賽結果很快就出爐。

楊雅晴看著林羽田拿著獎品的背影，抿了抿唇對蛋捲說：「我說她是運氣好，妳相信嗎？」

她希望自己的表情是純良無害的。

蛋捲驚訝地睜眼，「真的嗎？她很厲害耶！妳們認識很久嗎？」

楊雅晴誠實地說：「其實高中她就轉學了，我不知道她之後進修了什麼。」

說不定她去國外時在車庫找來一幫朋友，開了一間驅鬼公司，現在是個大總裁或者不得志的流浪詩人。

楊雅晴半開玩笑地想著，直到手臂被人抓住。

「妳們在聊什麼？」林羽田拿著獎品抱著楊雅晴的手。

她看到楊雅晴對別人笑得這麼開心很不高興。她是不是忽略掉自己的努力了？

「我要回去拿東西，我們邊走邊說。」蛋捲往小木屋的方向走。

「羽田，我們在聊妳很厲害。」楊雅晴對林羽田的行為沒有懷疑，順手摟住林羽田的手，然後跟著蛋捲一邊走一邊聊。

林羽田抱著楊雅晴的手，眼睛卻看著蛋捲，「接下來，除了冥想還有什麼活動嗎？」

「沒有了，考量到社員不喜歡太多活動，我們不會把行程排太緊，不過記得戴著胸章才能免費拿食物喔！」

「這樣啊。」楊雅晴點頭，「對了，為什麼我們冥想時是在地下室啊？」

「因為先人把祭壇設在那邊，我們族人就繼續沿用了。」

「我覺得這樣滿好的。」楊雅晴覺得，這大概是因為他們很愛自己的文化。

蛋捲在自己的小木屋前停下腳步，一邊開門一邊跟楊雅晴交代：「對了，楊小姐，有問題可以來找我，因為族人在工作時不喜歡被打擾，也不可以亂拍肩膀。」她慎重地說。

「喔好，我會注意的，那……等等要冥想，對吧？」楊雅晴遲疑地說。

蛋捲說：「是，有問題嗎？」

「沒有，我確認一下。」

「那等等見！」蛋捲轉身走回自己的小屋。

回到房間的她卻沒有鬆一口氣，她打開燈想抹乳液，但當房間亮起，卻看到不想看到的人。

「她們離開了？」高文樹的聲音在房間響起。他就坐在屋子裡的椅子上，似乎是在等著嚇人一跳。

蛋捲語氣冷漠地說：「她們先回房間了。」

「沒有起疑吧？」

「沒有，你放心吧。」蛋捲看著高文樹，「你什麼時候可以讓我看一下她？我都已經幫你到這裡了。」

他們的對話緊繃，蛋捲似乎有些怕高文樹，而高文樹承諾過什麼，雙方在為這些事情角力。

「別急，等事情結束，妳自然可以見到她。」高文樹冷冷地說：「這也是為妳好。」

蛋捲深吸一口氣，手上的拳頭握緊，卻不能對高文樹做任何事，只能目送高文樹離開。

高文樹關上門後，門後掛著的畫出現在她眼前。畫上除了丹百合還有一顆星形，一半深色一半淺色，淺色的那一半裡還有顆小星星，鑲在裡頭。

※

林羽田回到房間，立刻問楊雅晴：「妳有看到嗎？」

楊雅晴不解，「看到什麼？」

「高先生跟導遊的房間裡都有畫。」

「每個房間都有吧。」楊雅晴回想著。

林羽田忍不住想，「如果按照日月星辰，妳這邊有一幅畫很奇怪。」

她偷看過高文樹的房間，那幅畫裡有一顆太陽，而導遊的房門上也掛了一幅星星的畫，但以日月星辰的角度來看，第三幅畫在她們房間很奇怪。

「妳那邊也有啊，應該只是普通的畫啦！」楊雅晴說完，就抱著衣服準備去洗澡。

林羽田的床位附近也有一幅畫，是一個女生在照鏡子。五官不清楚，一旁有顛倒的丹百合及綠樹點綴。

林羽田想了想，「也對，畢竟畫風不太一樣。」

到此時都沒有事情發生，讓她放鬆下來，只感到懷疑。

她拿起水杯，但就在白開水碰到嘴唇時，她有些愣住，看著杯中無色無味的液體。水，是最純淨的，但人的嗅覺跟觸覺沒有這麼靈敏，很多毒物可以放入水中不被發現。

她想起自己觀察到的事。這個旅行團，不論去哪裡都有人請飲料，酒精、水、可樂、茶飲都有，這會不會是一種危險？

她捏一下自己，痛覺還是非常敏銳，或許只是她胡思亂想？

楊雅晴踏出浴室，就看到林羽田在看自己的手，「羽田，妳在幹嘛？」

林羽田原本想說話，但是看到她圍著浴巾就出來，露出窈窕的體態跟剛出浴的水嫩肌膚，立刻把臉別過去，「妳怎麼沒有穿衣服啦！」

「喔！我想說我們都女生啊。」楊雅晴粗神經地說完，去旁邊換衣服。

林羽田聽到浴巾抽走的布料磨擦聲，感覺更口渴了，她默默看著牆面，希望自己冷靜一點。

楊雅晴換好衣服後坐在床上。這裡沒有遊戲可以玩，她轉而注意到靠近林羽田床邊的那幅畫。過一會兒，林羽田換好衣服出來，看到楊雅晴正在看那幅畫就靠過去問：「妳在看什麼？」

「這幅畫裡面的人好像妳喔！」

林羽田看著這幅畫。那個女生正看著自己的鏡像，像不認識自己的樣子。想到這邊，林羽田不高興地皺眉。

她怎麼可能不認識自己？

「我不喜歡這幅畫。」林羽田說完看著雅晴，刻意舉起自己的獎品。

楊雅晴看到獎品，跟著轉移話題：「喔，不過妳好厲害！居然可以射中獵物。」她從沒有懷疑過林羽田的能力，但是連訓練過的選手都稱讚她，可見林羽田真的很厲害。

「我有很多實戰經驗。」林羽田理所當然地說，心情明顯好了很多。

楊雅晴想到露營時林羽田抓到的獵物，認同地點頭，「也是！但是保育動物不可以抓喔。」

「我會記住的。」

林羽田轉開視線，前陣子跟BOSS他們露營時，她只是想在楊雅晴面前證明自己的能力而已。

房間裡又陷入安靜，她們在等冥想的時間到。

楊雅晴有些好奇地問：「羽田，妳相信伊瑪哈惑的存在嗎？」

一個只有女生的國度，會不會比較開心？沒有性別的問題，裡面女生的伴侶也是女生吧？

「相信。」林羽田用就事論事的態度說：「我親戚說，任何神話都有真實的部分。」

也許臺灣真的曾經有一個純女性的部落，就像丹百合曾經也存在於臺灣這片土地上，卻因為環境破壞而消失。

只是消失算是好事還是壞事，她沒有定論。

「如果真的有這樣的部落……」

楊雅晴突然意識到，自己在想什麼？可能是蔡羅慈那句批評的話讓她開始胡思亂想。

她想轉移自己的想法，可是看到旁邊的林羽田又想：如果伴侶長這個樣子，我一定會撲上去。

——等、一、下！我到底在想什麼？

楊雅晴開始覺得自己的大腦不受控制，快速轉移話題。

「哈哈，冥想的時間要到了，我們去冥想吧！」

※

同樣的地下室跟蠟燭的微光，還有蛋捲播放的音樂跟高文樹的聲音。

「各位，我們注意自己的呼吸，背要挺直。」

「今天是第二天了，請大家記得，只要祈求就會實現。」高文樹又叮嚀。

就在大家要閉眼冥想時，地板突然晃動了一下。

「咦！是不是地板在晃？」蔡羅慈驚呼。

楊雅晴原本安穩地坐著，突然感覺周圍開始搖晃，她有些訝異地睜開眼，發現不是自己頭暈，而是地面真的在震動。

「有地震！」蔡羅慈喊了一聲，想拉著蔡柏婷起來。

楊雅晴也不安地想站起來。他們在地下室，萬一發生意外，他們這群人不就被活埋了？

一種恐懼在震動中浮上心頭，楊雅晴睜開眼，其他人也都很驚慌。

高文樹卻大喊：「不要緊張，我們閉眼祈求地震停止！」

「快點坐下來，我們祈求就會實現！」蛋捲真的坐了下來。

楊雅晴很不安，但趙問言跟著回到原位，蔡羅慈也拉著蔡柏婷坐下。

隨後，搖晃感好像沒有這麼強了，她在蛋捲的催促下也開始盤坐，身邊的林羽田也坐下。

「祈求地震停止、祈求地震停止！」高文樹一直念著。

楊雅晴也順著他的聲音閉上眼，默默在心裡希望地震能停止。

大家的祈禱似乎真的有用，楊雅晴原本覺得整棟屋子都在搖晃，但隨著祈求，地面正在恢復平靜。

她不停在心裡默念，拜託，停止地震！

——我希望，地震停止。

不久後，地震真的停下來了。楊雅晴覺得很奇妙，但她又感受了一下，發現地面真的停止震動了，才真正安心下來。

「祈求真的有用？」趙問言喃喃地說，他眼中閃過精光，馬上又閉上眼，嘴上碎念。

楊雅晴能猜到，以趙問言的個性，肯定是在祈求自己的業績，或者發大財之類的。

楊雅晴有些緊張，牽緊林羽田問，「小田，妳還好嗎？」

林羽田有些不明所以，看著楊雅晴說：「我沒事。」只是被牽著的手有點熱。

兩人手心相貼時，跟抱著手臂的感覺相差很多，尤其楊雅晴關心地回頭看她時，楊雅晴的這份關心又讓人感到特別溫暖。

楊雅晴沒有想這麼多，牽著林羽田走出祀堂，直到看到其他人，才注意到她們還牽著手。

楊雅晴慌張地放開手，「抱歉。」

林羽田卻一臉不解，「妳不是怕我跌倒嗎？」怎麼不繼續牽了？

「我沒有小看妳的意思，我知道妳可以自己保護自己，只是那邊有點黑。」楊雅晴覺得自己越描越黑。

「我知道，我喜歡妳靠近我。」林羽田坦然道。

她的意思是她的能力夠強，楊雅晴會依附她是正常的。

但楊雅晴感覺被撩了一把，她明知道林羽田不是那個意思，但那句喜歡還是讓她心臟多跳了好幾下。

「我們回去睡吧！」

楊雅晴感覺曖昧更升溫了，幸好林羽田還是一臉平靜，應該沒有發現。

兩人就這樣一起走回小木屋。

第六章　隱殺

蔡柏婷跟母親同樣在小木屋裡，在這結束第二天的行程、應該就寢的時間，房間內卻有一種沉重的氛圍。

外面的篝火還在燃燒，這趟旅程明天就會結束，但房內卻是可怕的低壓氣氛，空氣沉重。蔡柏婷不敢講任何話，蔡羅慈則臉色陰沉，因為她還想著中午被高文樹威脅的事。

她把看到一半的雜誌拍在桌上，光是這個聲音，就讓蔡柏婷顫了一下。

蔡羅慈非常不滿意，她心裡對這個女兒挑剔，不但沒有像自己的膽識，還愛哭畏縮，她怎麼教都沒有用。

她起身把泡好的茶放到蔡柏婷面前，「柏婷，喝一下。」

蔡柏婷看著那杯滾燙的茶，又看著蔡羅慈，沒有馬上動作，「茶有點燙。」她小聲地說，有些拖延的意思。

「快點啦！」蔡羅慈口氣不好地催促。

蔡柏婷看著那杯茶，輕嘆了一口氣，緩緩伸手握住杯身。

※

——砰砰砰砰！

急促的敲門聲在高文樹的小屋前響起。

高文樹不高興地打開門，他身上還穿著族服，看著來敲門的蔡柏婷。

蔡柏婷一臉慌亂但強自鎮定的模樣，「我媽她不舒服，可以叫救護車嗎？」

高文樹看了她一眼後點頭，打電話給山下的醫院，然後跟蔡柏婷去房間。

蔡羅慈躺在床上，一雙眼睛微微睜開，虛弱地看著高文樹，但她的意識陷入混亂，明明眼睛睜著卻沒辦法說話。

「蔡媽媽，妳聽得到我說話嗎？」高文樹拍拍她。

「沒辦法，她沒辦法講話，我剛剛試過了。」蔡柏婷皺著眉說。

「車子可能要幾十分鐘才有辦法上山。」

蔡柏婷點頭，「好吧！等車到，我就跟她下山。」

高文樹看著她：「冥想時要記得回來。」

蔡柏婷原本想拒絕，但馬上被高文樹打斷：「妳媽答應過的，蔡柏婷小姐。」語氣中含著警告的意味。

就在蔡柏婷想說話時，門口又傳來敲門聲。

叩、叩！

「柏婷、蔡媽媽，妳們還好嗎？」蛋捲問。

高文樹走過去打開門解釋：「蔡媽媽不舒服，我們叫了救護車。」

一旁，趙問言也站在門邊，「你們在幹嘛？很吵耶！」他打了一個哈欠。

蛋捲轉身對趙問言說：「沒什麼事，你先回去睡吧！」

高文樹看了一下旁邊的趙問言，又問蛋捲：「楊小姐跟林小姐那邊……」

蛋捲搖頭，「她們休息了，明天我會跟她們說明狀況。」

高文樹點點頭，兩人跟蔡家母女繼續等救護車，趙問言則回自己房間睡覺。

蔡柏婷站在母親旁邊緊盯著她，蛋捲走過去輕拍她的肩膀，「柏婷……」

蔡柏婷卻馬上撲到床邊，因為蔡羅慈居然張開眼睛，晃動著雙手，似乎掙扎著想起來。

「媽，妳還好嗎？」蔡柏婷緊抓著她的手，蔡羅慈卻不斷揮手，最後打翻了床頭的水杯。

蛋捲重新倒了一杯水，幸好這次蔡羅慈冷靜了一點，喝了一點水但還是無法講話，只是意識似乎很清醒，眼睛盯著蔡柏婷跟蛋捲。

過了快半小時，救護車才從山路來到村口。

救護車把蔡羅慈抬上車，蔡柏婷也一起上車。但是目送她們的蛋捲跟高文樹站在村口的身影，讓人感到有些不安跟恐怖。

蔡柏婷沒有想太多，只是緊盯著蔡羅慈。隨車的醫護人員揉揉眼睛，看了一眼後照鏡後馬上開車下山。

在蜿蜒的山路上，司機握著方向盤，還是有點不安。剛剛在村口接病患時，他看到樹上有好多黑影，有類似人形的黑影蹲坐在樹上。

或許是山上的獼猴吧？他安慰自己，也可能是天黑眼花了。

※

早上五點。

一大早，族人們開心地起床，而高文樹早就在村口等著。他身為社長，往往會比其他人還要早起準備，像買早餐跟確認行程。有很多東西需要事前準備，這些事都不會讓旅行團的人知道。

他也沒有告訴旅行團的人，他今年剛從長老手中接下村長的職位。

實際上，他有很多事情都沒有說，但他覺得不需要對那些人講，內向性格的他覺得，有時候不講話可以省去很多麻煩。

例如現在他在等的東西。

他吸了一口早晨涼冷的空氣，等待時，他也回想起內向的「自己」。

那時候他很矮，只有一百五十公分左右，但糟糕的是身邊的女生都會挑剔男生的身高，他也覺得身高較高的同學就像遊戲裡的英雄，而他只配當哥布林之類的小妖怪。

因為經常被嘲笑，他漸漸討厭跟人說話，別人總希望他改變，但是他也沒辦法啊！

更討厭的，是他身邊都是愛運動、高大體格的兄弟，他的身高更讓家人對他冷眼相待，甚至懷疑自己的出生。他因此不喜歡跟人講話，只要在人多的地方就會感到不舒服，甚至經常耳鳴，被氣味、聲光刺激，這些影響讓他跟人相處時更痛苦。

但山林是沉默的包容者，所以他喜歡在山裡遊蕩，他甚至有一個特別的天賦，好像可以聽到森林的聲音。

只要在森林裡，他想要什麼都可以拿到。

他會發現這件事，是有一次在森林裡走太久，迷路了，但是熟悉高山的他並不擔憂，他有很多野營相關的知識。例如，他知道哪些小漿果可以止飢，也很剛好地能在附近找到果實的蹤跡，去釣溪魚也能豐收，一直到他能採到稀有的草藥，他才感覺自己似乎太幸運了。

他還以為是山神厚待他，所以也只取自己能吃完的量。

高文樹坐在石頭上，當風吹進森林發出沙沙的聲音，他閉上眼睛仔細聆聽，聽到某些低語，雖然不知道是什麼人在說話，但是他感覺不到惡意。

這也是他成為內向者的原因，他覺得自然比人群好太多了！

隨著歲月長大，他從進山裡玩的大孩子，變成可以兼任導遊的青年。週一到週五要下山上課，反而讓他覺得很無聊，唯一會陪伴他的就是那些碎語，總是在耳邊像小鳥鳴叫的存在。

『你不覺得很吵嗎？』他曾經問過同學，因為他耳邊總是有聲音在嘰嘰喳喳地說話。

他以為每個人都跟自己一樣，但後來排擠他的同學戲謔地說他有病，他才發現這似乎是獨屬於自己的天賦。

『有病的矮子！』

同學的批評很刺耳，他很想假裝沒有聽見，但是矮子兩個字深深刺傷了他。

他第一次對森林祈求，希望自己的身高再高一點。

隨著他的祈求，身高真的像在回應他，但背後的絮語也變得大聲，彷彿說話的人更靠近他，聲音越來越清楚。

他曾經問過村裡的祭司奶奶，但奶奶要他別跟那些聲音說話。

『她們很危險。』

祭司奶奶似乎知道對方是誰，但他還沒機會問，奶奶就發生意外，被山下酒駕的貨車司機撞死了。

奶奶曾經跟父母說過他的狀況，高文樹也曾偷聽過大人們討論這件事。遺傳疾病、身心科、骨科……他比較不懂的是，居然有人提到「反組」兩字。

直到很後來，他才知道那兩個字應該是「返祖」，他的祖先，或許有其他血脈。

叭——

卡車的喇叭聲打斷高文樹的回憶。

他跟另外四人走到停好的卡車後面，掰開卡榫放下卡車的圍欄，一頭龐然大物就在眼前。不停發出驚慌的嚎叫聲，被綁住的四蹄還想踢動，這是他們訂的一頭活豬。

高文樹跟其他人把這頭豬抬到廚房附近，按在一張椅凳上，用繩子固定好豬身，然後四個人站在豬的背後按住豬身，高文樹則拿著一個臉盆跟一把刀過去。

牲，是祭祀時所用的肉畜，用來展現他們對祭典的誠意，只是比起那些燭火跟歡愉的笑容，此時這個場合就是光明的反面。

生命的掙扎跟殘酷的刀具，都預示著接下來將發生的事情。這是他在這個職位必須做的事情，其實以前的做法更血腥，現在用畜類代替俘虜已經非常心軟了。

高文樹想起自己第一次殺豬的場景。那時他很軟弱、慌亂，把一切弄得一團糟，而他的父親非常鄙視他。

即使是現在，他握刀的手還是有點顫抖。

他對準豬的咽喉，在內心告訴自己，這是必要的犧牲。能讓族人的祈禱真正有回應的，就是這一刻。

他將刀刺進豬的下顎某處，快速刺入後切斷動脈，抽出刀子時會帶出血流，他們用盆子接下豬血，動作流暢迅速。

他記得第一次看到豬血流出來時，他也跟著吐了出來，雙眼有點發紅，甚至模糊想哭。血是這麼鮮紅，他親眼看著豬慘叫卻被人按住，過沒多久血放乾後，豬也閉著眼不動了。

這是多麼令人害怕跟噁心，但被逼著一次又一次執行這件事，他也漸漸不這麼害怕了，尤其是看到村人因為有肉吃而開心，孩子不會因為飢餓而過瘦。

他用一頭豬養活了村裡的人。

原來奪走一條生命就是這麼簡單，反而動手越快、越不遲疑，帶來的痛苦越少。

生命從他手上消失了，他偷偷在心裡禱告，希望靈收下他們的誠意。

然後婦女端來一大鍋熱水，澆淋在豬身上，他用薄刀片拔刮豬毛，將豬身慢慢清洗乾淨。旁邊傳來鐵鍊的聲響，村人慢條斯理地調整鐵鍊，然後將豬後腳綁住、吊起來。

將豬頭朝下吊起後，一刀劃開肚子，皮膚下先是白色綿軟的脂肪，然後是深淺不一的內臟。小心地切下內臟裝盤，剩下的身體被分切。豬頭、半身、腿腳等等變成了肉塊，同時，旁邊也有人把內臟處理乾淨。

將豬頭切開，簡單燙一下，豬身則秤重後擺到附近的祭壇上，內臟的部分分切給幾個長老。這個靠近廚房的小空地上滿是血水、清理下來的內臟還有燒熱的熱水，場景宛如地獄。如果不是豬身被吊在旁邊，真的就像這裡剛發生命案。

一切就處理好時，天空也慢慢變亮了。

高文樹換好了乾淨的族服，來到祠堂確認豬肉是否有擺好，幾個女祭司禱念著，希望用祭品換來豐收，還有子孫的事業昌盛。

從血淋淋的廚房到如此莊嚴乾淨的祠堂，全都是他們祭祀的一環。就如長老告訴他的，自然會取走生命，卻也創造生命。

而交換，是他們的卑微祈求。

第三天的早餐時間，食物有水煮肉片、香腸、脆皮烤肉，搭配綠色的蔥葉等裝飾，看起來特別豐盛。

楊雅晴吃完早飯，被蛋捲拉到一旁。

「楊小姐，昨天發生了一些事情，蔡媽媽跟柏婷先下山了。」蛋捲輕聲解釋。

「她們怎麼了？」

楊雅晴有些驚訝，因為昨天她沒有聽到任何聲音。

「我們也不知道，蔡媽媽突然不能動，我們很擔心就先叫救護車送她下山了。」蛋捲拍拍她，「不過我們跟柏婷聯絡過，現在還在觀察。」

「那我們現在要做什麼？」楊雅晴看向高文樹，不知道行程是否有改變。

「下午冥想後，我們就可以回去了。」蛋捲說。

「好，那小田……咦？」

楊雅晴在出來前已經把行李收拾好了，等等回房間再清點一下就好。她正要轉頭問林羽田有沒有什麼紀念品想買，但林羽田已經跑走了。

「有人不見了！」

突然有人跑進來大喊一聲，這一句話讓其他人都愣住，也轉移了楊雅晴的注意力。

她看到有三四個人跑過來，用族語跟高文樹說了一大串話。蛋捲也過去說了什麼，只是楊雅晴始終聽不懂，只能從他們的嚴肅表情判斷出這是很重要的事情。

「我們有一個兄弟不見了！」蛋捲一邊說一邊喊，「小晴，妳去附近幫忙找看看好嗎？」

高文樹在指揮其他人，楊雅晴則找到提前回房間的林羽田，結伴在村子附近繞，而趙問言還是漠不關心的態度。

但是不管眾人怎麼找，都找不到那個失蹤的人。高文樹跟一堆長老討論了一上午，最後讓其他旅行團員跟族人到祠堂集合，大家圍成一個圈，一樣由高文樹引導大家冥想祈禱。

「各位，我需要你們的幫忙，幫忙祈求我們的族人回來。」高文樹要求。

楊雅晴想到地震時，地面因為祈禱而停止搖晃。雖然她內心並不相信，但還是想要幫忙，因此走到冥想的位置坐下。

原本楊雅晴要牽起身邊趙問言的手，但林羽田突然坐到兩人中間，楊雅晴就順勢牽起林羽田的手。

趙問言讓出位置，饒有趣味地看了兩人一眼，之後牽起林羽田的手。

「各位，祈求就能實現願望，請幫忙我們祈求兄弟回來。」高文樹說出那個人的名字。

楊雅晴跟其他人默念祈求，希望那個迷路的人快點回到村子。

林羽田卻緊盯著高文樹，但是高文樹看過來時，她還是配合地閉上眼。

然而祈禱結束，也沒有聽到任何消息，林羽田原本還想去附近走走，但是高文樹一直有意無意地找楊雅晴說話，最後兩人決定先回小木屋，不要亂跑。

不知道是祈禱真的有用，還是祭典期間有保佑，楊雅晴聽到狗叫聲，然後蛋捲傳來了消息，那個去採山菜的人回來了。

她忍不住看向祭壇的方向，那裡有神像跟鮮花、食物，其中還有丹百合。

——祈禱真的有用！

午餐結束後，她們也要離開這裡。回想起這幾天悠閒的生活，其實楊雅晴一直心存僥倖，不用讓林羽田跟鬼打打殺殺或許也是一種幸運。

但她並不知道命運沒有放過她，就像白日之火，容易被人忽略罷了。

在集合前，林羽田突然把楊雅晴拉到旁邊。

「雅晴，我覺得不對勁。」

楊雅晴看她靠近，也馬上緊張起來，「怎麼了嗎？」

林羽田卻不講話，用手扶著楊雅晴的臉，然後慢慢移到她的胸口，伸手蓋住。

楊雅晴的臉逐漸發燙，直到她發現林羽田的眼神過度專注，才意識到不對勁。

她在看的不是自己的胸部，而是胸口上的胸章，這是蛋捲給的。

楊雅晴用手指著胸章，看到林羽田點頭後取下來握在手中。

「這個有問題嗎？」

「我覺得那好像有竊聽跟定位的功能。」林羽田低聲說。

「定位？」

楊雅晴翻看胸章，似乎沒有任何機械在裡面。

林羽田看著那個胸章，「我聽他們說這是目紋，代表祖靈會看顧著族人，但我覺得是監視我們這群外人用的。」

「不會吧？」楊雅晴想到蛋捲，她和善的笑容中真的藏著壞心嗎？

「妳沒發現嗎？其他人都有戴這個胸章，去哪裡都戴著。」林羽田說。

「因為蛋捲說可以免費換食物，所以我們……」楊雅晴突然想到什麼，「照妳這樣說，為了讓我們一直配戴著，他們的酒水跟食物才會是免費的？」

利用人們貪小便宜的習慣，使他們根本沒發現背後的目的。

「可是，為什麼要這麼大費周章？」楊雅晴不解，那些食材也要錢吧？

「我之前到他們的廚房附近，發現了這個。」林羽田拿出一個小黑盒，「這個在木柴堆裡，似乎是手機訊號的遮蔽器。」

楊雅晴越聽越不妙，「那妳有跟外面聯絡嗎？」

林羽田搖頭，「每當我想要打電話，都會被高先生打斷。」

高文樹總能神不知鬼不覺地出現在她背後。

「可是那些商家總有電話吧？」

「這就是我覺得可怕的地方。我溜進去時，發現除了門口的商家，後面民宅的地方……都沒有電話。」

像是刻意藏起對外聯絡的工具，電腦、電話，甚至手機都沒有用。整個場地就像特別為他們安排的舞臺，一旦到了布景的後面，就會看到粗陋敷衍的空洞，這景象讓人感到不安。

「妳覺得他們想要掌控我們，也不讓我們對外聯絡？」楊雅晴感到不妙。

「對，怕我們亂跑，為了掌控我們的位置，另外……」

「另外什麼？」

林羽田內心有個猜測，但她還不想講，因此提起另一件事。

「我們昨天冥想不是遇到地震嗎？」

楊雅晴點頭，「是啊，搖得好大，跟前幾年的九二八那次很像。」

林羽田卻一臉疑惑，「什麼九二八？」她不了解這個數字代表的意義。

楊雅晴看她一臉疑惑，解釋給她聽，「就是大地震啊！九月二十八日時，震央好像在中部，那時候高二還有地震演習……」她突然想到什麼，「喔對！那時候妳應該不在臺灣，只是那次芮氏有到六級，超可怕的。」

芮氏是一種地震規模大小的標度，由觀測處地震儀記錄到的地震波中，最大振幅的常用對數演算而來，級數越大代表越嚴重。

林羽田知道這件事，但她說出疑惑的點，「其實我一直覺得你們很誇張。昨天明明只有兩三級地震的強度，為什麼你們表現得好像很嚴重的樣子？」

「我們明明在同一個地方，感受不可能差這麼多吧？」楊雅晴感覺很怪，就算每個人有感受上的差異，但她們當時身在同地點，感受怎麼會差這麼多？

林羽田皺著眉回憶，「我覺得這次地震跟我在國外……」

她突然停頓一會兒才繼續說：「那時我確實在國外，而且我遇過最大的地震最多三級而已。」

「這樣啊，我是經歷過九二八，超……」楊雅晴突然意識到什麼。

她們互相凝視，因為同時意識到某件事情。

楊雅晴先開口確認，「我們對地震的感受，會不會是來自我們經歷過的地震？」

她們對地震的震度感受有差別，如果這個差別是因為她們對某件事情的印象不同呢？

林羽田只感受過三級地震，所以無法想像六級地震是什麼感覺，當時也只覺得是三級地震。

「所以不是真的地震，而是我們覺得有地震，大腦就自動回憶跟地震相關的經驗。」林羽田的腦海中浮現一種猜測。

楊雅晴感覺到陰影壟罩般的壓迫感。她是相信林羽田的，但就是相信林羽田，當她們一起討論、真相隱隱浮出時，她的害怕才從內心鑽出來。

她開始回憶當時的情況。

「一開始我以為是自己頭暈，然後高先生說是地震，我也覺得地板開始搖動，就跟我經歷過的九二八一樣，我才感覺越搖越……」

她們好像身在一個巨大的謎團中，卻連邊界在哪裡都不知道，更別說逃離了。

此時的山明水秀突然變得可怕，因為無法跟外界聯絡，一行人有可能會被困在這個高山上。

「可是高先生不需要這樣做吧？讓我們體驗地震要幹嘛？」楊雅晴不理解。

「不是體驗，我覺得更像是想要建立我們的信仰。」林羽田分析，「他們最常要我們做的活動就是冥想。」

「所以要我們信仰冥想？」

林羽田看著她：「不是。妳記得有人失蹤時，他們的解決方法也是要我們冥想，正常來說不是應該報警嗎？」

這個旅行團也一直在強調冥想。

更直白地說，是想要建立「只要祈求，就能實現願望」的信念。

「所以，冥想是壞事嗎？」楊雅晴並不覺得身體有損傷或者傷口，對方這樣費盡心力讓他們冥想，是想做什麼？

林羽田突然問楊雅晴：「妳知道什麼是安慰劑效應嗎？」

「我知道啊。」

安慰劑效應是指病人獲得無效的治療，卻「預料」或「相信」治療有效，而讓病患症狀得到舒緩的現象。

「所以高先生要我們相信冥想能解決任何事情？」

「對，或許他想利用這種效應，引導我們祈求某些事情。」

楊雅晴想到高文樹最常說的那句話，「高先生經常說『只要祈求，就能實現願望』。」

林羽田不語，感覺還有某件事情沒有想通。

楊雅晴疑惑地說：「可是如果祈求就有用，幹嘛要我們來做，他自己心想事成不就好了嗎？」

林羽田聽到她的話，眼睛一亮，「祈求需要付出對應的代價，他就是不想付出代價，才會要我們代替他去做。」

就她所知，世界上沒有心想就能事成的儀式，有些願望的代價反而高昂到付不起。

「如果是這樣，我們……不就很危險？」

三天的旅程即將結束，會不會他們的生命也要結束了？

楊雅晴想到這裡，瞬間泛起雞皮疙瘩。

※

多恩早上來到醫院時，Pink還在呼呼大睡，愛妮莎卻對著電腦螢幕發呆。

多恩發現她好似離魂，伸手推了她一下，「起床了！」

愛妮莎的身體抖了一下，不滿地回神說：「女巫，妳幹嘛打斷我啦！」

昨天她們討論了一下午，愛妮莎就拚命地查資料庫，希望透過電腦網路查找林羽田的下落。她進入虛擬的網路世界裡。那是一種神遊的感覺，透過自己的能力跟思考，想辦法找出當中的連結。

那些儀式、族群肯定有某種聯繫，她甚至感覺到了一點林羽田的氣息，似乎有一截線頭露出來了。但感覺快要碰觸到時，一陣黑影蓋住了她的思緒，她也被多恩推了一下，遭到打斷，她的精神又回到現實世界。

「我帶了飯給妳耶！」

多恩拍拍自己的行李箱。裡面是二十幾個便當，除了她跟 Pink 各一個，其他都是愛妮莎的。昨天她就收到醫院的警告，愛妮莎因為訂太多外送，一度導致護理站以為外面有幫派想火拚，只是穿著外送員的衣服當掩護。為了避免這件事再發生，多恩只好自己親自送飯。

「耶，吃飯！」聞到食物的味道，愛妮莎開心地打開便當。

什麼領域、什麼精神世界，都沒有吃飯重要！

多恩拿走自己的便當，坐在病床旁邊的椅子開吃，但是吃到一半，忍不住問愛妮莎：「妳在看什麼影片，為什麼一直有鈴鐺的聲音？」

「喔，這是夏爾族去年妲艾祭的影片。」

愛妮莎把電腦螢幕轉過去給多恩看。

「不過說到這個，剛剛很奇怪，我光是聽到鈴鐺的聲音，就沒辦法控制自己、開始發呆。」

如果不是多恩推她，她會不會沒辦法回到現實世界？

但愛妮莎並沒有說出這件事，她打算出院再跟BOSS說。

「是妳餓傻了吧？」多恩說完，一邊吃便當一邊看。

夏爾族的妲艾祭跟大部分的祭典很像，一群人圍成圈跳舞，鈴鐺聲來自腿上的裝飾，現場還有火把跟奇特的道具，但好像沒有什麼重要的內容。

『這是我們送靈用的。』

影片裡的長老正在跟記者解釋一種可以插在地上的酒杯。

『因為妲艾祭典結束後，我們要把妲艾送到附近的溪邊並用酒祭祀，但溪邊的石頭會讓地面凹凸不平，所以這種插在地上的酒杯可以輕鬆固定住，並倒酒進去。重點是祭拜完可以丟著，竹子材質不會有環境汙染的問題。』

然後影片放出原住民青年分成兩隊對抗，之後又去跳高、折樹枝，把樹枝跟芒草一起丟掉的畫面。

「等一下！」多恩突然喊停，「雅晴傳給我們的照片！」

愛妮莎調出照片，這次連剛醒來的Pink也湊過來，誇張地說了一句：「O、M、G。」

楊雅晴傳來的合照裡，那名導遊小姐就拿著那種酒杯。

「這個酒杯應該不是撿回來的吧？」多恩感到不安。

影片中的人把那種酒杯插在地上，不像能重複使用的樣子，那個導遊拿的酒杯不會是從地上拔回來的吧？

開一個冥想課程價值好多零的人，他創辦的旅行團卻買不起紙杯，也太怪了吧？

「拿別人祭祀過的東西也太沒有禮貌了吧？」Pink 更直接地說。

「我記得，這好像會衍生一些鬼故事。」愛妮莎說。

「嗯，未經同意喝別人的酒，相當於建立了連結，對方可以找你算帳。」

多恩說起在地府犯罪調查中心必有的鬼魂常識。

「如果是找小田算帳就算了，她可以應付啦！」Pink 倒是毫不擔心林羽田。

「按照她們的關係，就算小晴惹到人，說理不過還有小田。」愛妮莎說。

「所以我們可以放心了？」

Pink 躺回病床上準備入睡，但多恩說出她們現在詭異的處境：「可是夏爾族的妲艾祭早就結束了。她們參加一個夏爾族早該結束的祭典，還喝了人家拜拜用的酒……」

「這算時空錯亂嗎？我們調查中心可以退件吧？因為不符合我們的業務範圍。」Pink 開心地想打電話給 BOSS。

「可能沒辦法退件。」愛妮莎調出一份報告，「這還是跟鬼魂有關喔！」

「吼，我想放假啦！」Pink 無奈地倒回床上。

多恩看著那份報告，對照楊雅晴給的大合照，「這有點不對勁吧？」

愛妮莎搖搖頭，「非常不對勁。」

那是一份驗屍報告，簡單來說，楊雅晴他們參加的旅行團裡，有個死人跟著她們一起行動。

「話說回來，為什麼要拉外人去參加祭典啊？」多恩不解。

「前期的旅行團跟冥想課程，是物色對象的方法。」Pink 一邊吃起便當一邊說。

「物色對象？直銷？難道他們要把小晴跟小田送到東南亞，買賣器官？」愛妮莎緊張地說，只是語氣中似乎還夾著一絲興奮。

「到東南亞要去機場吧！」Pink 吐槽。

祭典、酒杯、祭祀，這幾個字在多恩腦海中轉動，她重新打開便當，卻又跳起來：「不是送到東南亞！你們想想，一個祭典除了舉辦儀式，還有最重要的東西！」

愛妮莎跟 Pink 一人一句地猜測。

「紙錢？」

「鮮花？」

「素果？」

「神像？」

「香油錢？」

「乩童？」

多恩發現這群同事特別不會猜謎，嘆一口氣說：「是祭品！」

其他兩人馬上反應過來——楊雅晴跟林羽田可能是被當作祭品了！

「雖然現在比較少了，但是活人獻祭的可能性不能排除呢！」Pink 終於認真起來。

愛妮莎看著螢幕，「可是這樣說來，這個人又代表什麼？」

如果需要活的祭品，那個死人又何必在旅行團裡？

※

兩人經過簡單的討論後，林羽田讓楊雅晴替她在祀堂門口把風，她則潛入地下室。

既然高文樹要他們在這個地方冥想，就代表這個地方是不可破壞的。她記得祭壇上有個神像，如果破壞了神像，說不定冥想就不會生效，條件不成立，自然不用付出代價。

但是她剛溜進去，沒有看到高文樹，卻看到蛋捲在裡面準備冥想的物品。

林羽田沒辦法對神像動手，只好又溜回小木屋。她跟楊雅晴商量一陣子後，決定要逃跑。

高文樹跟蛋捲應該不能相信了，而且蔡家母女先下山了，剩下的趙問言或許可以救他。

「最後一次的冥想在一個小時後。」楊雅晴記得行程的時間。

她們有一個小時可以逃跑，如果不管趙問言，以她們的腳程逃下山求救，說不定還有一線生機，但楊雅晴還是打算去試探一下。

林羽田雖然內心不贊同，卻還是點頭同意她的想法。雖然她覺得楊雅晴太心軟了，但這份心軟也照顧了她，人不能怪陽光散發光跟熱啊！

她們偷溜出去，來到趙問言的小木屋前。

趙問言打開門時有些驚訝，「楊小姐、林小姐？」這兩人怎麼會過來找自己？

楊雅晴搶先說：「趙先生，我們覺得不對勁。」

趙問言不解，「妳們怎麼……」

楊雅晴先開口說：「你跟我們一起離開吧！這個村子不對勁，現在沒辦法對外傳訊息，我們沒辦法求助，恐怕會被殺人滅口。」

趙問言拿出手機看了一下，一邊點一邊說：「我們本來就在山上，沒訊號很正常啊！況且再一小時就要離開了，妳們在玩什麼遊戲嗎？」

楊雅晴只好花點時間解釋，把冥想的事情講了一遍，表情嚴肅地說：「我們不是在玩遊戲，總之你要不要跟我們走？」

趙問言卻不高興了，「妳們隨便講講，我就要跟妳們走嗎？」他下逐客令，「妳們回去吧！」

楊雅晴還想講，林羽田卻按住她搖頭。

兩人正打算離開時，趙問言又改變態度喊住她們：「等等，好吧！我相信妳們，就當作文樹有問題好了，但妳們打算怎麼離開？」

楊雅晴想了想，「我不知道，但總之……」

「我知道。」

蛋捲突然出現，看到兩人戒備的樣子，反而露出歉意的笑容說：「地下室那邊有一條路能通到外面。」

楊雅晴皺眉看著她，「我們為什麼要相信妳？妳跟高先生是一伙的吧？」

「我也是不得已的……高文樹把我的孩子藏起來，用孩子威脅我，所以我才會配合他。」蛋捲對她們解釋。

「孩子？」楊雅晴不解，怎麼又突然多出了一個孩子？

但蛋捲沒有多加解釋，看著兩人說，「這不重要。總之，我可以幫妳們逃離這裡。」

楊雅晴還想繼續問，卻突然聽到一聲悶響！她轉頭看到林羽田倒下，而趙問言舉著椅子殘忍地對她笑。她感到不妙，想衝向林羽田，後面卻有人拉著她。

楊雅晴一轉頭，只見蛋捲一手拉著她，一手舉著什麼，之後對她吹出一口氣。她手上捧著類似細沙的東西變成一團煙霧，楊雅晴一吸氣，就吸進了那團煙霧。

楊雅晴感到頭暈目眩、全身無力，心想完了！她眼前陷入一片黑暗，身體不受控制地癱軟倒地。她的意識拚命喊著要清醒，卻只能聽到一些爭吵聲。

「你為什麼有他的電話！」蛋捲似乎很不滿。

趙問言不高興地說：「凶什麼？如果我不打電話，等妳來，獵物早就跑了！」如果不是他趁著查看訊號時撥電話，高文樹的獵物恐怕早就跑了。

楊雅晴迷糊地順著兩人的話想：我們是獵物嗎？

她努力掙扎，但是除了讓眼皮虛弱地打開之外，連一根手指都無法動彈。

她徹底昏了過去。

當她再次醒來時，喀啦聲不絕於耳。她整個人都在輕微地震動，這才遲鈍地發現自己正被人放在推車上。而林羽田趴在自己身上，兩人都被綁了起來。

她背靠著推車，因此可以看到推車經過一片樹林，似乎正被推往那個冥想的地下室。

她努力抬頭看著樹上，卻發現許多如猴子般的黑影。那些黑影坐在樹上，多得像在辦派對。

她試著挪動手，卻只能輕輕揮打到旁邊的樹。她似乎碰到了什麼，意識就突然跌入更深沉的黑暗中——

楊雅晴站在黑暗中，但又可以看到周圍的樹林，她伸手想碰觸那些樹，看看是不是真的。但是當她的手碰到樹時，輕微震動似乎驚醒了樹木上的東西，一大群蝴蝶似的黑影撲面而來。

這些蝴蝶振翅時，身上的花紋看似臺灣特有的紫斑蝶，但是蝴蝶的後翅很詭異。上面有應該是磷粉組成的花紋，花紋上有一顆顆的眼睛，這些眼睛會轉動，甚至眨眼。

她好像來到一個靈幻的世界。

此刻，她正站在山林裡，身邊濕潤的溪石上是臺灣特有種的山椒魚，但是這山椒魚的尾巴卻有一隻小手。

這還不是唯一詭異的物種，在山林的樹叢間，她竟然看到一隻臺灣雲豹，那些特有的花紋甚至會動，而且當牠回頭時尾巴晃動，竟是詭異的雙尾。

這些東西的出現都讓她感到不祥，尤其是她又看到了一截鹿角。

「我想離開。」

她開口，卻沒聽到自己的聲音，反而有不祥的黑霧從她口中溢出，耳邊聽到泡沫破碎的聲音。

她發現自己被束縛著，那些樹上的黑影湧上來，帶著可怕的意圖靠近——

楊雅晴驚恐地睜開眼，不停喘氣才感覺自己回到了現實。

這裡是冥想的地下室，她坐在椅子上，雙手被綁在椅背。蛋捲站在角落，她旁邊是被綁著的林羽田，另一邊則是趙問言。

從她昏迷前的對話聽起來，這兩人應該是共犯吧，那趙問言為何也被綁起來了？

「蛋捲，為什麼妳要這麼做？」楊雅晴不解地問。

蛋捲卻把頭別過去，「抱歉，我不得不這樣做。」

楊雅晴想到她曾說過，她的小孩被高文樹控制的事情，「我們可以一起逃啊！之後再去救妳的小孩……」

「孩子已經沒救了。」高文樹出現，打斷了她們。

他抱著一個孩子，直到高文樹靠近，楊雅晴才發現那根本不是小孩，而是一個可動關節的仿真娃娃，模樣就跟一般孩子沒有差別。

如果從上方俯瞰，會發現他們每個人的椅子圍成一個圈，椅子後面都掛著房間裡的畫，中間放著一盆花，但是因為大家背對著彼此，所以不知道自己背後有什麼。

「你到底想做什麼？」楊雅晴不解。

「還記得我們講過的，關於伊瑪哈惑的故事嗎？」高文樹問。

楊雅晴不解地說：「那個女人社的故事？」

雖然當時她也曾感嘆原住民神話居然也有女人國的故事，但不就是一個故事而已嗎？

「對，不過故事的結局，並不是夏爾族感動了伊瑪哈惑，而是我們做了交易。」高文樹說出故事的另一個版本。

「當年伊瑪哈惑的詛咒，讓我們族內永遠無法豐收，不論我們怎麼祈求都沒有用。」高文樹一邊說，一邊拿起桌邊的酒，走到楊雅晴面前，「直到我跟她們談了條件。」

他的表情愉悅，卻讓楊雅晴更感到害怕，因為他得意的是可以操縱她的生死。

「這是我談成的交易——每十年獻祭六個人。」他看著楊雅晴不可置信的樣子，「妳不相信嗎？妳應該相信的，透過祈求，連地震都可以停止，還有什麼做不到的事情？」

楊雅晴感到不寒而慄。

她想起林羽田說過的話，高文樹想要她們真正相信祈求這件事，這樣她們就會成為祈求後的祭品。

「所以你要殺了我們嗎？用我們的命，換你們族人的平安？」

「殺？不需要啊！只要相信就好。」高文樹看著她，「儀式完成後，你們都會完好無事地上車，然後回家『相信』自己的虛無，之後自我了斷，將生命獻給伊瑪哈惑。」

就像他的奶奶一樣。

從現在的場面來看，自己跟其他人都是要被獻祭的，楊雅晴不甘心地問：「你憑什麼獻祭我們？」

高文樹心裡湧上一股同情，「楊小姐，妳是個善良的人，蔡媽媽這樣罵妳，但妳還是願意照顧柏婷，照顧林小姐。妳是唯一一個遵守規則的人，如果可以，我真的不想這樣對妳。」

「那就放我走吧！」楊雅晴語氣軟下來哀求：「我會感謝你的。」

高文樹明明眼眶發紅，卻搖頭拒絕，「很抱歉，如果我放妳走，那我的村人該怎麼辦？」

放走楊雅晴、成全自己的憐憫後，那誰來憐憫村人？

多年前曾發生飢荒、貧困，他們伸手呼救，但是沒有人回頭給他的村子憐憫。

「什麼意思？」楊雅晴不懂。

「我們的村子，上個月已經無法種出任何作物了。」高文嘆息地說：「這是伊瑪哈惑的詛咒，每十年的大祭就是要將詛咒再延後十年。」

「詛咒這種東西……」

楊雅晴想反駁，但高文樹打斷她：

「我親眼看過，曾經有個族人於心不忍，放跑了一個女人，後來我們村子馬上遇到土石流，一個月無法離開村子。農田的種子都爛掉，井水遭到汙染、沒辦法飲用，只能靠著外界的施捨撐過了十年，這個慘痛的教訓我們受夠了。」

「可是……」

「她們很餓，我也不需要再跟妳解釋什麼。不是發生在妳身上，妳也不會相信的。」高文樹把酒灑在楊雅晴身上。

「如果我不願意，這樣的祭品也不會被接受吧？」楊雅晴掙扎。

「那又怎麼樣，妳們早就喝了她們的酒，又丟了當作芒草的刀子，妳們已經同意了。」高文樹冷笑。

酒跟芒草兩個詞，讓楊雅晴想到她們進村的第一天，蛋捲拿給她們的歡迎酒。

「那是蛋捲拿給我們……」

楊雅晴突然感到背後發寒。原來給他們的歡迎酒是這個作用嗎？

「其實我早就受夠你們這些白浪了。跑來打擾別人的祭典，以為喝酒跳舞就是我們所有文化的一切，拿我們開玩笑、搞歧視，都是你們在說話，我們講話還要被嘲笑口音。」高文樹看著她說，眼神卻從她身上透過去。

楊雅晴看著他，「所以就要拿我們當祭品嗎？」

「……」

高文樹沒有說話，只是拿起酒瓶，走到楊雅晴面前。

儘管楊雅晴努力側過身，但她被綁在椅子上，根本沒辦法閃躲高文樹的靠近。

「妳是無辜者、路人，加入隊伍讓靈的獵袋更加豐盈。」

高文樹用族語說完，倒了一瓶蓋的酒，灑在楊雅晴身上。然後他走到旁邊的林羽田面前，「這是獵手、刀刃死亡的開路者，讓靈更加豐收。」他又撒了酒在林羽田身上。

林羽田還是被敲昏的模樣，讓楊雅晴既擔心又焦急。

「這是挑撥離間者，背叛者，是光的影，是黑暗的蛇。」

他把酒灑在趙問言身上。

趙問言被酒水弄醒，愣了一會兒，意識到現在的情況後看著高文樹，露出凶狠的表情咬牙道：

「高、文、樹，放開我！我們不是約好了嗎？」為什麼他也被綁著？

高文樹看著他，「你聽到我跟楊小姐講的了。」

「我剛剛幫過你！況且是你答應我，只要我參加旅行團，你就當我的下線！」趙問言還想要掙扎，無奈繩子將他綁著。

楊雅晴也聽著兩人的爭執，但讓她感到驚訝的是蛋捲的眼神——她看著趙問言時，像是恨透了他。

「小陳因為繳不出錢而上吊了，你知道嗎？」高文樹語帶指責地說：「因為你的保證，他偷了他爸的錢去投資，但因為你賠掉錢，他怕到寧願自殺。你做直銷害死了多少人，還有臉在這裡渡假？」

趙問言先是愣住，然後看著高文樹，「我賺這麼多錢，還不是為了你，我想跟你在一起啊！」

楊雅晴第一次看到蛋捲面露怒意，走過去給了趙問言響亮的一巴掌，然後高文樹又對趙問言念一些她聽不懂的族語，對他灑酒。

趙問言安靜下來。楊雅晴有些恐懼地看著高文樹，她不知道高文樹做了什麼，只知道蛋捲非常討厭趙問言。同時，她發現以往可以看到的黑影，似乎都看不到了。

高文樹抱著娃娃走到椅子前，「這是我的女兒，代表太陽跟純真。」

最後，他走到旁邊一個暗門前，一邊打開門一邊說：「這是老人的昏昧，帶著沉醉的酒跟草藥。」

門被打開，一個人坐在輪椅上，被推了出來。

「蔡柏婷？」

楊雅晴驚訝地看著推輪椅的蔡柏婷，還有坐在輪椅上被推出來的蔡羅慈。

蔡柏婷並沒有打招呼，只是推著輪椅經過楊雅晴時，眼神陰冷地瞟了她一眼。

看到輪椅經過自己，楊雅晴才意識到，蔡羅慈也是這次的祭品之一，她的輪椅上還掛著點滴，原本只有些年紀的面孔枯槁泛黃，而且完全失去原本凌厲的氣勢。

此時的蔡羅慈，只是氣若游絲、接近死亡的老人。

「為什麼妳要配合高先生？她是妳媽媽耶！」楊雅晴驚訝地喊。

但蔡柏婷對她冷冷一笑，開口說話時，聲音卻低沉到像是蔡羅慈，「這是我女兒，我要決定怎麼做是我的事情。」

聽到她的聲音跟語氣，楊雅晴不解又害怕，一個猜測在她的內心成形。

「妳說這是什麼意思？」

蔡柏婷在講什麼？她的聲音為什麼跟蔡羅慈這麼像？

「我說，我本來就可以決定要怎麼做。」蔡柏婷又說了一次，那聲音跟神態完全就是蔡羅慈的模樣。

「妳是誰？」

楊雅晴內心有個猜測，但她總覺得這個猜測很可怕。

她想起在遊樂場聽到的爭吵、蔡羅慈上車時戴的口罩、蔡柏婷原本內向的態度轉變……難道伊瑪哈惑給高文樹的法力，真的能做出這麼荒謬的事情？

像在回應楊雅晴的內心猜測，蔡柏婷走到椅子邊，把蔡羅慈移到椅子上。

把人安置好，蔡柏婷才用陰沉的聲音說：「我就是蔡羅慈，這都多虧了高先生幫忙，將我們的靈魂交換過來。」

楊雅晴不敢相信，交換靈魂不是喜劇電影才有的事情嗎？

「妳為什麼要這樣做？」蔡柏婷不是她女兒嗎？

「楊小姐，妳看起來才二十幾，妳知道年老的感覺嗎？」蔡柏婷冷冷地看著楊雅晴。

明明被綁在椅子上，楊雅晴卻還能淡定地追問；身體經歷過藥物的迷昏，卻能支撐著問東問西，這就是年輕身體的好處。

「年老的感覺？」

楊雅晴重複她的話，她當然不知道「年老」是什麼感覺。

「一旦老了，身體隨便走幾步就很累，臉上一堆皺紋，生下來的孩子越來越不聽話，老公又有外遇的可能，絕望隨著時間越來越多，但讓人感到希望的事情越來越少。」蔡柏婷一邊描述一邊冷笑。

這些人怎麼可能理解呢？

在蔡羅慈的人生裡，自從生了家裡的老大後，她的身體機能就急速下降，生了柏婷後更糟，不再青春的她已經無法吸引老公了。

她的家庭就快崩潰了，這樣的恐懼，再堅強的女人都沒辦法抵抗。

「可是！」楊雅晴想要反駁，卻被蔡柏婷打斷。

「妳不可能了解，與其把人生給我那個蠢女兒揮霍，不如由我好好使用，我是為了她的人生著想。」

「妳都奪走她的人生了，怎麼會是為她著想？」況且她交換靈魂的對象還是自己女兒，楊雅晴完全無法了解這當中的邏輯。

「我是在幫她！」

「所以妳要跟柏婷交換身體？她是妳女兒啊！」楊雅晴強調，「父母應該要幫助兒女成長，不是奪走兒女的成長吧？」

蔡柏婷卻狠狠打了楊雅晴一巴掌！

「我告訴妳，我最討厭『父母應該』這種話！」她凶狠地瞪著這個外人怒喊，「我不需要外人來教我，就因為她是我女兒，我就要無止盡地為她犧牲嗎？」

楊雅晴感到臉頰很痛，但她可以感受到眼前人的怒吼是一種委屈的反彈，也不可否認蔡羅慈對蔡柏婷的保護也是耗盡心力。

蔡柏婷生氣地說：「懷孕已經吃了那麼多苦頭，把她生下來，她吃我的、用我的，居然還想不聽我的。我就罵她兩句，你們這些外人有什麼資格指責我？」

當蔡柏婷怒吼時，蔡羅慈的手指動了一下，但楊雅晴沒有注意到，因為她不理解眼前的人，而且已經被打了一巴掌，她不想再激怒蔡柏婷。

「差不多了。」高文樹擋在蔡柏婷前面，手上還拿著酒，「要敘舊等等再說。」

他說完，唸著族語，開始對椅子上的人施咒灑酒。

楊雅晴在內心默數，除了自己、林羽田、蔡羅慈、趙問言跟那個娃娃，共五個人，應該沒有其他祭品了吧？

高文樹也用行動回答她。

他看向蔡柏婷跟蛋捲，露出以往溫柔的笑容，但在這時格外讓人不舒服。

「老婆，麻煩妳了。」

他把某種木刻的東西放在椅子上，楊雅晴側頭看到蛋捲坐上椅子。

——蛋捲居然是高文樹的老婆！

她還來不及開口問，可怕的事情發生了。

蛋捲坐下後，她的身體突然有了黑點，並逐漸擴大變成黑斑，黑斑又變成黑塊，最後竟然變成皮肉腐爛的模樣。隨著她的改變，一股難聞的臭氣也跟著擴散。

「辛苦妳了，這一路一直塗防腐劑，還要幫我把人帶來。」高文樹把她的包包拿走。

蛋捲看著自己的隨身背包，「記得你答應我的事情。」

那個包包裡傳來瓶罐撞擊的聲響。那些都是她偽裝成防曬、保濕乳液，實際上是防止她的血肉腐爛太快的防腐劑，之後再加上高文樹的法術，才會讓人聞不到味道。

她早就死了，讓她忍死也要存在的原因，就是椅子上娃娃代表的孩子。

高文樹看著蔡柏婷，故意說：「妳一定很恨這個閨蜜吧？永遠只會我不要、我不敢，然後一直抱怨她媽，卻沒有看到妳的忍死以待，其實妳對她而言，真的一點都不重要呢！」

蛋捲嘆一口氣，「何必呢？都已經這樣了。」

她的生命早就結束了，挑撥她跟蔡柏婷的感情有什麼用，況且眼前的蔡柏婷也不是本人。

「如果妳不提離婚激怒我，現在坐在這裡的，就應該是蔡小姐了。」

蔡羅慈一臉意外地看著高文樹，「你們是夫妻？」她甚至不敢看向蛋捲。

「很驚訝嗎？妳女兒可是我老婆的閨蜜，妳連這件事都不知道吧？柏婷滿腦子只有那個小世界的抱怨，我媽又怎樣怎樣了，哼！聽到都膩了。」

蔡柏婷的眼神閃躲，「我哪知道，本來她就不該跟你們這種人……」

高文樹穿著族服本來就有幾分威武，尤其是他抽出腰間的刀子時，蔡柏婷馬上收起話，害怕地避開。

「妳不知道的事情可多了，讓她告訴你吧！」高文樹看向蛋捲。

「妳要幹嘛？」

蔡柏婷警戒地看著他，不會想要殺人滅口吧？

蛋捲則眼神怨毒地看著蔡柏婷，用腐爛可怕的臉緩緩說起往事。

當年，她懷著身孕、生活有困難時曾想跟蔡柏婷求助，求她讓自己借住一陣子，等工作發薪水下來，她就會搬走。但蔡柏婷太懼怕自己的媽媽，不但讓她在寒風中凍了好幾天，也避不見面，直到今年才又聯絡上。

即使兩人重新聯絡上，蔡柏婷也沒過問那段時間好友是怎麼度過的。

而面對朋友的求助，蔡羅慈命令蔡柏婷拒絕，蔡柏婷就狠心拋棄朋友。所以蛋捲很恨這個閨密，那段時間她生病，導致孩子出生也帶著疾病，但身為朋友的蔡柏婷卻連問都沒問過。

「所以我不能原諒妳，柏婷，即便我自己支離破碎，也要把妳拖進這個地獄。」蛋捲看著椅子上的蔡羅慈說。

她知道高文樹跟蔡家母女的交易，因為這個交易是她促成的。

她知道伊瑪哈惑的力量，也知道把力量用在生死命運上可能會發生悲劇。她原本也想過要放棄，但是蔡柏婷太讓她失望了，所以她決定將蔡柏婷也拉入這場悲劇中。

「柏婷，妳還記得我的本名嗎？」蛋捲看著椅子上的蔡羅慈問。

蔡柏婷站在旁邊小聲地說：「這很重要嗎？」她說完想別過頭，卻撞見蛋捲腐爛的臉，嚇了一跳。

「當然重要！就是妳這樣教她，把她教成了一個廢物，所以她當然記不得我的名字！我們曾經是班上最好的朋友啊！都是妳的自私害了她，終究也會害了妳自己！」

蛋捲激動地對著蔡柏婷吼，嘴裡的黏液都噴濺到她的臉上，讓她害怕地後退幾步。

高文樹站在旁邊等著，直到蛋捲說完才唸咒。蛋捲也像被抽離一樣，拖著腐敗的身體坐回椅子上。

這個地下室是高文樹的舞臺，他用伊瑪哈惑的力量，操控著每個人的生死跟情緒。

「這什麼噁心的東西！」蔡柏婷拿著衣袖擦臉。

高文樹走到蔡柏婷旁邊，示意她跪在某個地方，「來吧！祈禱，相信有求必應的祈禱。」他把刀子架在蔡柏婷的脖子上。

「要祈禱什麼？」蔡柏婷不解地問，她想要的都實現了。

「祈禱我的公司順利，這片土地繼續豐收啊！」高文樹理所當然地說：「妳已經透過祈禱得到想要的了，現在該回饋我了吧？」

楊雅晴覺得這種事情實在太荒謬了，千辛萬苦綁架好幾個人，就只是為了要對方祈禱？這種事情蔡柏婷也不會答應才對，但蔡柏婷卻真的跪下來祈禱，「我做就是了。」

反正她都為女兒祈禱了那麼多次，也不差這次。

當高文樹拿著刀走過來時，楊雅晴問：「為什麼你要做這種事？」

「因為別人狠不下心啊。所以只能由我去做，況且這樣做的效果最好。」高文樹冷笑說。

「什麼效果？」

「懺悔的效果。」

「對誰懺悔？」

「那個伊瑪哈惑的神話故事，妳真的相信嗎？當有人詛咒族裡永遠無法豐收，只要拚命哀求，對方就會於心不忍，然後留下來教完再回去。」高文樹面露嘲諷，只是這樣的笑容又滲著苦。

「所以那些故事是假的？」

「妳真的會因為對方求妳，就決定幫助傷害自己的人嗎？」高文樹說：「那些都是假的，實際上把性命獻祭才是真正的懺悔。祭品越多才會越豐收，這才是真正的交易內容。」

楊雅晴卻不解，「那也是不該殺人啊！」

「妳不懂，生命是最有價值的。」

「所以把我們殺光，這個虛妄的神靈就會幫你把公司變好？」

「伊瑪哈惑不是虛妄的，祂們是真的。其實妳都看到了，卻逃避自己的天賦。」高文樹冷冷地說，拿起香爐走到楊雅晴面前。

「如果不是看妳是最弱的，我才不會讓妳清醒。」高文樹打開香爐，想讓楊雅晴吸入煙。

就在這時，他的手機響了，他拿起電話，看到來電者後微笑。

「妳看，這不就實現了嗎？」他走到外面接電話。

他手上有蔡柏婷的把柄，其他人也都被迷昏了，所以他一點都不擔心會有人逃跑。他就站在唯一出口旁邊的窗戶外，透過鐵欄杆看著裡面。

「蔡……柏婷，妳為什麼要幫他？」楊雅晴想要求救，希望眼前的人可以網開一面。

蔡柏婷卻沒有管她，只是跪在地上祈求。

在蔡柏婷體內的蔡羅慈一邊祈求，又想起她代替女兒參加公職考試的當天。

那天早上，她熟練地執行祈求流程，順利跟女兒交換了身體。

變成蔡柏婷的蔡羅慈看著鏡子，露出滿意的微笑。看著手上的准考證，她把東西收拾好後出門。

考公職的過程非常順利，試題就跟她準備的一樣簡單，她完美地答完題交卷後，坐在校園某處。

學校生活很輕鬆啊！那些題目這麼簡單，同學之間的較勁又有什麼好在意，還有喜歡哪個男生，追星、手機，那些東西都是浪費時間，不如專心去考公職。

她之所以會注意到這些，是因爲她看了女兒的日記。

日記中的自己是多麼可怕！

自己的苦心在女兒眼中，居然都被當成壓力！她是變態控制狂，甚至她花的那些錢，根本就是打水漂，都被拿去吃喝玩樂！

女兒竟然還敢打算跟她說不要考公職？

那天她憤怒、挫敗，這麼多年的相處，身邊的家人居然連自己的好意都分不出來，難道自己眞的有這麼過分嗎？

看到那本日記，她才發現自己在女兒心中是個失敗的媽媽，她內心驚愕又受傷，她難道不是爲了女兒好嗎？在女兒眼中的她越來越無情，原來她是這個樣子嗎？

蔡羅慈當時在房間裡，緩緩放下看完的日記。

她看著穿衣鏡裡的身影，忍不住反省自己。

辛苦將女兒拉拔到亭亭玉立的模樣，她怎麼可能不愛孩子？古話不是說，父母之愛子，則爲之計深遠，我也只是想要她有個穩定的工作，以後不用爲生計發愁啊！況且從小我就把好吃、好喝的都給她，難道我眞的……

「我眞的是一個壞媽媽？」蔡羅慈看著鏡子問。

她看著鏡子裡女兒的臉，一臉茫然的樣子像極了眞正的蔡柏婷。她伸手溫柔地摸上去，鏡面的冰冷透過指尖提醒她，她現在就是蔡柏婷。

她忍不住低頭抵著鏡子，沒有綁起的頭髮蓋住了她的表情。

如果她是一意孤行的人，恐怕就沒有這麼多猶豫，我蔡羅慈也會思考、調整啊！

她在內心吶喊，爲什麼周圍的人要害怕她又要她出主意，這難道就不是一種控制嗎？

安靜了幾十分鐘，她大大地喘了一口氣。

她承認，這麼多年來擔任母職，都讓她感到壓力跟痛苦。心情不好又疲憊時，不免會對孩子有點厭煩，她的口氣或許就沒這麼好，也會動手打孩子。但如果有人說她不愛孩子，她絕對不同意。

她當然愛自己的孩子，所以才希望她變好，希望她的未來是康莊大道。

難道自己太專制了？蔡羅慈深深反省。

她的本名叫羅慈，冠上夫姓後她也感覺自己被賦予了某種責任，認爲自己必須讓女兒堅強起來，不可以讓女兒成爲軟弱可欺的樣子。

——但會不會是我錯了？其實有更溫柔的方式，不需要讓蔡柏婷感到絕望？

房間依舊安靜沉默，卻帶著香氣。櫃子上的書、床上五彩的娃娃，整齊的被子、枕頭還有各種布置，都充滿少女的浪漫情懷。

小小的女兒就是在這個房間長大，牽著她的手說會考上公職、讓她不用擔心的回憶還在這個房間裡。

或許這樣逼迫女兒是錯的，尤其看了那本日記，她感覺自己就像個惡鬼。

——我不應該是惡鬼！我是她的媽媽啊！

蔡羅慈一下一下用額頭撞著鏡面，內心正在兩個立場之間反覆橫跳。

好的飯碗是生活保證，她逼孩子端著好飯碗，怎麼會錯呢？

可是她的行爲又讓蔡柏婷壓力很大，心理諮商跟生理上出現的圓形禿等症狀……或許當個慈祥的母親才是正確的。

陷入沉默許久後。

她額頭抵著鏡面，黑色的頭髮下露出了笑容，那是一個不天真的笑容。

是的，她已經做了決定，那個慈祥的母親形象……

她狠狠地捶著鏡子，「根本就是屁！」

她對著鏡子狠笑，那是跟生活妥協又具挑戰性的瘋狂笑容。

她都堅持成這樣了，不惜交換身體都要把女兒拉到對的路上——她付出的代價太大，根本沒有回頭路了。

「就算要當個壞媽媽……」她看著鏡子冷冷地說：「我也要完成這件事。」

——我是爲了她好。

——我這個愚蠢的女兒眞的不會爲自己打算。公職有什麼不好，又穩定又輕鬆，況且以我這十年的資歷，哪件事我不能幫她處理好？

——只要「我」蔡柏婷考上公職，一切都完美了。

至於愚蠢的女兒想要反抗，就該給她一點警告。

她拿出紅筆在日記上一頁一頁畫上叉叉，尤其是那篇想要反抗自己的，她更是直接撕掉。

爲了處罰女兒想要反抗自己，她叫鎖匠換了女兒的門鎖。

「可是小姐，這樣就不能鎖門耶！」鎖匠看著眼前的女孩。

蔡羅慈用女兒的臉假笑，「我怕我妹會想自殺，所以麻煩你了。」她拿出鈔票。

「好吧。」鎖匠開了收據後離開，還感嘆家裡有憂鬱症的人眞辛苦。

確認門眞的不能鎖上後，蔡羅慈把日記歸位，之後回到床上躺下，閉眼讓靈魂交換回來。

之後每次要考試，她就會按照那個人教的方法跟女兒交換身體，代替柏婷去考試，這樣才能取得一次又一次的好成績。

聽到最後一科的考試鐘聲結束，她從回憶裡清醒，露出陰暗滿意的笑容。

——一定會考上的。

她看著布告欄的玻璃。

「妳會考上的，蔡柏婷。」她低聲說。

玻璃鏡面上映著她的臉，帶出一絲瘋狂跟殘忍。

——因爲媽媽都是爲妳好啊！

第七章 最弱

聽到高文樹說自己是最弱的人，楊雅晴暗自咬牙。

這兩個字刺在心上，讓她心情非常不好。除了落入別人的陷阱之外，她還有點氣自己為什麼老是身陷險境。

她看著面前的蔡柏婷，後者還真的虔誠閉眼祈禱，轉頭就能看到高文樹拿著手機說話。蛋捲似乎被高文樹封印了，她的身體端坐在椅子上，一動也不動。

楊雅晴一邊觀察著這兩人，看似放棄地垂著頭，但其實她一清醒就在自救。被綁在背後的手從袖口抽出一把小型銀色薄刃，比美工刀片更窄更軟，但細磨也可以磨斷繩子。

幸好她還帶了這個保險，那是眼科徐醫生給她的。

『這不是什麼法器，但通常能在磨難中存活的人，也只是多了一些小工具。』

徐醫生給她的時候，她還有點不以為然，現在卻很慶幸有這把小刀。

現在楊雅晴只能靠這把小刀脫困逃命，儘管高文樹說她很弱，但她不想放棄，至少要救出林羽田。因此她不停發問拖延時間，想爭取時間割開繩子。

她若是沒抓好位置會割到掌心，但楊雅晴還是強迫自己忍住痛楚，繼續移動小刀。

隨著束縛的力道減弱，她仍不敢有太大的動作，偷偷單手摸上林羽田的手，順著繩子摸到繩結附近。她輕輕用刀片割著綁住林羽田的繩子，又怕戳到林羽田，所以找雙手的空隙下手。刀片很鋒利，她艱難地捏著刀子動作，直到感覺林羽田的繩子鬆了。她知道林羽田的手可以動了，接下來就剩腳邊的繩子跟制定逃跑路線了。

她正在想要怎麼割開腳上的繩子時，林羽田卻突然倒在她肩上。

楊雅晴一愣，因為她感覺到林羽田是故意靠在她身上的，這表示林羽田沒有被迷暈。

但在她發愣時，蔡柏婷走過來調整林羽田的姿勢。

林羽田並沒有趁機反抗。她剛剛就聽出高文樹似乎還要一段很長的時間做準備，因此手上的繩子鬆開後，她只是趁靠在楊雅晴身上時，拿走楊雅晴手上的刀。或許是工具體積太小的關係，楊雅晴的手上有汗，刀片摸起來是濕的，林羽田沒有多想，只暗自想好逃生的路線。

蔡柏婷回去跪拜祈禱，而楊雅晴感覺到手上的小刀被接過去，這才真正鬆了一口氣。

不知道是不是放心了，她突然聞到一股花香，跟她初見蔡柏婷時的一樣，只是濃郁好幾倍。

她不知道的是，背後花瓶裡的丹百合更加盛放，並且花朵就像向日葵跟著太陽轉一樣，花面向著楊雅晴的位置。

楊雅晴看到外面的高文樹拿著刀，內有蔡柏婷對著詭異神像祈禱，還有剛才看到的莫名其妙的動物黑影，林羽田的腳也被綁著，這樣她們能逃脫嗎？

其實還有一個楊雅晴也不願想的難題——她們要救其他人嗎？

蔡柏婷似乎跟高文樹是一夥的，而蛋捲已經是屍體了，那個娃娃也不知道是什麼情況，唯一例外的是趙問言，可是，趙問言跟高文樹又關係匪淺？

楊雅晴一直看著高文樹，他曾炫耀似的拿著手機說：「妳看，這不就實現了嗎？」因此她猜高文樹一直在等某人的電話，而從他馬上接起的態度來想，他大概在等跟錢有關的電話，可能是銀行之類的。

這麼在意的電話打來時，一定會有幾秒分心。所以她不停觀察高文樹，就在他談到興起，要對電話那頭鞠躬時，楊雅晴碰了碰林羽田。

林羽田迅速彎身割斷腳上的繩子，也割斷楊雅晴的。

然而，馬上就被蔡柏婷發現了，她正要喊高文樹時，聽到蔡羅慈陰沉凶狠地說：「妳敢？」不知道什麼時候，蔡羅慈居然醒了，蔡柏婷也因為這句話，身體下意識地僵了一下。就在這幾秒耽擱的時間，林羽田拉著楊雅晴跑向角落。

林羽田剛剛看過周圍了，對外的路只有高文樹看守著的門口，往內的路卻有另一扇小門——就是蔡柏婷推蔡羅慈進進來的門。

她把角落的輪椅推向門口，趁朝這邊跑來的蔡柏婷閃躲輪椅的幾秒延遲，鑽進那個小門。

「她們逃跑了！」蔡柏婷的聲音在背後喊。

高文樹原本講電話講到一半，聽到人跑了就咬牙罵了一句，衝進門內又被輪椅擋住。等他想施咒時人已經跑遠了，只能先追著兩個女生的背影跑去。

在密集的建築物之間，兩個人影呼吸急促地穿梭來去。背後的高文樹雖然身強體壯，反而不如林羽田靈巧，很快就追不上她們兩人。

楊雅晴沒有回頭，只是跟著林羽田不停地跑，她暗自希望兩人能逃脫，但就算自己不能逃出去也沒關係。

——不能讓林羽田死，這是我真心的願望。

心裡剛閃過這句話，她們居然順利從某條小路跑出了房屋群，高文樹的腳步聲越來越遠。

但林羽田還是不停地跑，楊雅晴被她拉著跟著跑，直到眼前豁然一亮——她們跑出了高文樹的村子，但四面又都是綠色的森林。

楊雅晴想開口但喘得不行，「呼……要往哪裡？」她甚至不知道要跑到哪裡。

林羽田沒有遲疑，拉著楊雅晴鑽進一條小路。隨著時間經過，背後的聲音也完全聽不到了，高文樹似乎沒辦法追上她們了。楊雅晴這才感覺安全了一點，兩人的腳步越來越一致，終於有空好好細看這條山徑，發現周圍的丹百合越來越多。

她們好像跑到了一片丹百合的花海。

「這裡是？」

楊雅晴感覺這裡很熟悉，一邊喘氣一邊驚呼，「這裡……呼……我夢到過！」

那是她在露營時，夢中祥和寧靜的地方，她下意識對這裡帶著好感，甚至覺得到這裡就安全了。

林羽田放開楊雅晴，發現手上有黏膩的觸感，低頭看才驚訝地說：「妳的手！」

楊雅晴把手抽回來，「沒關係啦！剛剛為了切斷繩子，不小心割到而已。」

她手上被小刀割到的傷口在逃跑時扯開了，有幾顆血珠冒出來，還有隱約有點鐵鏽味。

「我……抱歉！我應該要保護好妳的。」

林羽田的聲音居然有些哽咽。

楊雅晴從沒想過自己會看到這麼驚奇的畫面——林羽田居然哭了？

「羽田、羽田？妳還好嗎？」楊雅晴緊張起來，看著林羽田，「妳是不是受傷了？很痛嗎？」

林羽田只低頭握著楊雅晴的手。

楊雅晴在林羽田的注視下張開手，想跟林羽田說沒事，但張開手時，一滴血滴落到旁邊的丹百合上。

血滲進百合花瓣中，原本橘紅的花瓣變成了血色。

林羽田突然瞪大眼，一種奇特的感覺滲入身體，某種更強大的靈魂掌控了她的身體。

「不……」

林羽田想要抵抗，但對方用了某種力量，讓她無法開口。

楊雅晴卻沒有發現林羽田的不對勁，她還在關心背後是否有人追上來。

「我，伊瑪哈惑。」

林羽田開口的瞬間，連她自己都嚇到了。但這一秒後，她的身體主控權被強大的靈魂搶走，她眼睜睜地看著自己擁抱住楊雅晴。

被林羽田抱住，楊雅晴原本並不覺得奇怪，直到這個擁抱有點久，她退後扶著林羽田的肩，才突然發現眼前的人表情、神態都不像她熟悉的林羽田。

「妳、妳是誰？」

眼前的林羽田帶著有些陌生的眼神問：「我，伊瑪哈惑，妳，為什麼受傷？」

她說自己是伊瑪哈惑，難道是伊瑪哈惑附在林羽田身上？

楊雅晴簡短地解釋這道傷的來龍去脈。

「我們參加了由高文樹領導的旅遊團，他讓我們來參加祭典，之後綁架我們，這是我逃出來時割斷繩子受的傷。」

「高？綁到哪裡？」伊瑪哈惑似乎對這個姓氏有意見。

「一個地下室，那裡還有這種花。他要我們祈禱，但我們逃出來了。」楊雅晴指著那些丹百合。

伊瑪哈惑更加生氣，「不可以幫他祈禱，她不要這樣啊！」

楊雅晴不懂現在的情況，但是眼前的伊瑪哈惑已經決定了，她要帶楊雅晴離開這裡。

兩人剛踏出那片花海，高文樹卻剛好追過來。

見到高文樹的剎那，伊瑪哈惑洩漏出更強烈的怒氣，而高文樹也抽出自己的獵刀。

「如果不是為了讓妳們祈禱，我不會讓妳們有機會逃的。」

他不懂為什麼林羽田會醒來，他下的藥量應該會昏迷一整天，但現在更重要的，是要把她們抓回去。

「妳們是我的祭品！」高文樹用族語說。

「不！你才是祭品。」伊瑪哈惑也用同樣的語言回應。

她伸手從虛空中撈出武器，但那不是楊雅晴熟悉的黑弓，而是一把跟高文樹的獵刀類似的刀。

高文樹一直都在懷疑林羽田是不是知道些什麼，因此當林羽田用自家族語講話時，他並不覺得奇怪，只想趕快把這兩個女生帶回去。

他發現林羽田把楊雅晴護在身後，拔刀就要往楊雅晴砍去，但林羽田迎上去，用奇特的手法直接將高文樹按在地上。

楊雅晴原本鬆了一口氣，但她靠近時，發現伊瑪哈惑的眼神冰冷，還對高文樹說了很多奇怪的話。

她一點也聽不懂，下一刻卻尖叫起來，「啊——！」

因為伊瑪哈惑直接用黑刃殺了高文樹。

看到黑刃從人體拔出來，腥紅的血流出來，高文樹憤恨不甘的眼神讓楊雅晴瞪大眼睛大喊：「妳在做什麼？」

這是殺人吧？

伊瑪哈惑卻平靜地看著楊雅晴說：「不能，重來，這件事。」她似乎打定主意要做什麼，轉身往某個看似懸崖的地方跑去。

這個不是林羽田的人似乎沒辦法好好講話，楊雅晴被她拉著跑，還在驚嚇中，但她有種不祥的預感。

「當初她下詛咒，是為了反抗，不該被綁架。」伊瑪哈惑僵硬地講了幾句話，楊雅晴卻猶如在夢中。她的雙腿雖然配合地邁動，腦子卻混亂不已，直到她想到：伊瑪哈惑反覆提到的「她」是誰？

兩人奔跑了一路，腳步終於慢下來，楊雅晴不抱希望地問：「妳說的她是誰？」

「我的妻子。」

兩人來到懸崖前，終於停下腳步。

在伊瑪哈惑的認知裡，這裡是一個天然祭壇。

當她碎念著族語時，楊雅晴不敢相信自己的眼睛。因為隨著她的念誦，那些詭異的生物居然跑出來了！那些有著眼睛的黑色蝴蝶，其中居然還有高文樹的身影。

此時的高文樹面無表情，身影也有點透明，楊雅晴猜想那是他的鬼魂。

但現在不是驚訝的時候，因為那群蝴蝶似乎帶著高文樹的鬼魂，慢慢往伊瑪哈惑的方向翩飛而來。

楊雅晴靜靜看著，直到看到伊瑪哈惑舉起黑刃，要往自己身上刺——她驚慌地衝過去阻止。

「不要！不可以傷害羽田！」

就算是身體也不可以！

楊雅晴緊抱住林羽田的身體。

伊瑪哈惑還在念著跟高文樹類似的咒語，楊雅晴雖然聽不懂，但她只想阻止這一切。

她被拖著往前走，也不管被刀背重擊有多痛。

就在伊瑪哈惑眼神轉狠，打算擊殺楊雅晴時，一道幽綠的光打上兩人拉扯的身影。

楊雅情沒有意識到發生了什麼事，只覺得身邊有巨大的力量炸開。下一刻，兩人像被人推下某個地方，腳底傳來失重感。

楊雅晴就這樣抱著林羽田，雙雙從懸崖掉入海裡。

「哇賽，你這個爛砲兵！」愛妮莎坐在車上，看著 **Pink** 說。

Pink 的臉色也很不好，他放下剛剛施術的手，「我剛從醫院出來耶！」要不是他是唯一還有些許戰力的人，他也不需要動手，總不能讓多恩對那兩人丟毒蘑菇吧？

「兩位，她們摔下海了，沒問題嗎？」多恩在駕駛座無奈地問。

「沒有抓交替的話，沒差吧？」**Pink** 坦然地說。

多恩看著不可靠的同事們，調轉方向盤，往楊雅晴她們跌落的地方駛動。

而愛妮莎靠著車門，眼角餘光瞥到了什麼，但很快，她看到的東西就消失了。

※

楊雅晴發現自己正在往下墜，她唯一可以做的就是抱緊林羽田，希望摔到地面上時能用自己的背當緩衝，這樣至少林羽田可以活下來。

但老天有點眷顧她，她們沒有摔死在岩石上，而是掉進海中。

楊雅晴是從背後落水，穿過海面的拍擊很痛，甚至痛到喘不過氣，但她還是緊緊抱住林羽田。

她不希望林羽田受傷，儘管身上的傷口碰到海水讓她痛到抓狂。

當海水淹沒兩人時，林羽田的長髮在海水中散開。黑色的髮絲在眼前飄盪，有種似曾相識的感覺。

她放開林羽田並將她推往海面，怕她會被自己害得溺水。

兩人逐漸分開，她看到了林羽田的臉、黑色的長髮，還有她背後透過海水照進來的陽光。

腦海中，某個被塵封的畫面打開了。

「妳祈求的願望實現了。」有人在她的耳邊說，並拿走了沾在她身上的丹百合花瓣。

海流突然變得急躁狂烈，能將花扯散捲走，也把她帶往海的深處。

她從高處摔進海中，本來就感到暈眩、四肢沉重、無法動彈，現在更因為海水灌入口鼻有些窒息。

有人說瀕臨死亡時，會有走馬燈在眼前閃過，而人體面對急難時，腦子的運轉速度會更快，包含記憶也是。

——我想起來了！

記憶跟海水一起灌入身體，在被水嗆傷、快要窒息的同時，在臨死的幻境中，她看到小時候的林羽田，烏黑的頭髮像天使展開了黑翼，替她擋下可怕的天雷。

——是她讓我的人生晴空萬里。

楊雅晴被水流帶往海的深處。

——或許，我要死了。羽田說的果然沒錯，得知真相是要付出代價的。

楊雅晴感覺肺部火熱，身體好痛苦，而且有股力量拖著她往海底去。

她隱約聽到某種聲音，是在深海中低鳴的巨大聲響，但還沒聽清楚，海流又將她捲走。

——不行，要掙扎才行！

楊雅晴想掙扎，但身體還是往下沉。

就在她覺得自己必死無疑時，一道身影從遠處拚命往這邊游來。

她看到林羽田游到身邊，扯過她的手臂往上游，她也因此脫離了海流。

兩人一起往上游，她挪動手時，碰到海中的岩牆。岩牆上的藤壺割傷了她，但她摸著牆壁，卻覺得這個牆面有些奇怪。

但沒有餘力思考了，楊雅晴奮力地往上游，直到跟林羽田一起衝破海面！

兩人狼狽地爬到沙灘邊，楊雅晴痛苦地嗆咳嘔吐，林羽田則拍著她的背看著她。

「咳、咳、咳。」楊雅晴想開口說話，但是一張嘴就拚命咳嗽。海水的味道又苦又鹹，沙子磨著她的膝蓋跟手掌。

看到楊雅晴沒事，林羽田這才放下心。她被某個法術擊中後，又可以重新操縱身體了，同時也感受到自己被楊雅晴抱緊，一起摔進海中。之後她被推離楊雅晴時，她到海面上吸了一口氣，又拚命往海裡游，抓住楊雅晴並把她拽上來。

「咳！」她也忍不住嗆了一下，但至少沒有楊雅晴這麼狼狽。

她們得救了嗎？

傍晚、海邊，似乎很浪漫的場景，兩人卻是劫後餘生。

這時，林羽田的口袋中居然傳來一陣電子音效跟震動。

林羽田在楊雅晴震驚的眼神中接起電話。

『事件結束了吧？』特林沙的聲音從手機傳來。

「咳、嗯。」林羽田說完咳了一聲，「應該是。」

『愛妮莎他們出院去接妳們了。』

「好。」林羽田點頭冷靜的樣子，跟實際上的狼狽模樣差異極大。

『妳們先去醫院檢查，之後讓雅晴寫事件報告。』特林沙突然想到，『要派警車過去嗎？』

「我們會自己解決的。」

另一邊，楊雅晴終於咳完了，看著講電話的林羽田。

林羽田那頭烏黑的秀髮現在像海帶一樣貼在她的額頭上，終於像一個普通落難的女生了。

一個表面冷漠，內心悶騷的女生。

之後，她們一起從海灘走到馬路上，遇到一輛熟悉的車按了按喇叭。

「小姐們，要搭便車嗎？」多恩拉下車窗問。

「麻煩了。」楊雅晴苦笑地點頭，而林羽田拉開車門。

林羽田上車時，那頭黑色頭髮中夾著一瓣丹百合的花瓣，但她自己沒有看見。

而多恩看了後照鏡一眼，默默啟動汽車離開。

※

警方收到特林沙的關心跟提示，來到村子裡的地下室時，徹底被嚇到了。

到處都是白骨，能落腳的地方，只有通往冥想房間的一條路。

根據楊雅晴的供述，當時只有蠟燭，且為了尊重對方的規矩，所以他們沒有仔細看周圍。幸好後來檢驗過後發現，其中雖然有人的屍骨，但更多的是獸骨，不過龐大的數量也很讓人害怕。

冥想房內有好幾張椅子排成一圈，有人碰倒了椅子上掛著的畫，他們這才發現，那一幅女孩照鏡子的畫反過來會是個骷髏。丹百合的位置變成了鼻孔，女孩跟鏡影則是眼眶。

但那些畫作的寓意不是最重要的，蛋捲腐爛的屍體是最可怕的，然後是昏迷的趙問言和蔡羅慈。

趙問言清醒後，他看著周圍的警察，「我在哪裡？」

「先生，你叫什麼名字？你還記得發生了什麼事嗎？」

「不知道。」趙問言腦袋一轉，裝傻地問：「我們旅行團不是要回去了嗎？」

「你先跟我們回去做筆錄吧！」

警察將他帶離村子，打算等回去再好好做筆錄。

但蔡羅慈不太樂觀，她連呼吸都非常微弱。

「隊長，快叫醫療隊。」

發現有人還有呼吸，醫護人員過來看蔡羅慈，又發現蔡柏婷也縮在角落，嘴裡還在碎念祈禱。

「小姐，妳還好嗎？」醫護人員詢問。

蔡柏婷這才回過神，「你們是誰？」高文樹呢？

另一邊的醫療人員就比較緊張了，「這邊。」他對著其他同事揮手。

有人抬著擔架過來，把蔡羅慈移到擔架上，而蔡柏婷默默看著這一切。

就在擔架經過蔡柏婷時，蔡羅慈的手突然扯住她的手。

蔡柏婷尖叫一聲，「啊！妳要幹嘛！」

蔡羅慈枯瘦的手緊緊抓著蔡柏婷，似乎有話想要說，救護人員只好停下來。

「我這是……為、妳、好！」

蔡羅慈虛弱地喘著氣，堅持講這句話，之後像是全身力氣被抽乾了，放手倒在擔架上閉眼，臉上還帶著笑。

那個笑容像是得逞，又像是放心下來，讓蔡柏婷感到心裡發寒。

某個她不知道的計畫正在進行，令她無法掌控，焦慮不已。

醫護人員要將蔡家母女載到附近的醫院急救，蔡柏婷坐在救護車上一言不發。

測量蔡羅慈呼吸跟心跳的儀器不停地響著，她也只是目不轉睛地看著擔架上的人。

「小姐，妳還好嗎？妳母親需要搶救，麻煩先簽急救同意書。」

醫護人員跟她說著接下來的流程，蔡柏婷卻只緊盯著病床上的人。

「小姐、小姐？」

醫護人員不解地輕拍蔡柏婷，她這才回神，胡亂地點頭簽名。等救護車停下來、把蔡羅慈拉下車，她跟在醫護人員後面跑進醫院，最後站在急診室門外。

門上亮起了燈。

應該是紅色的止步燈，在蔡柏婷的眼中卻是綠色的，因為蔡柏婷的人生……

「終於屬於我了。」

當蔡羅慈在手術臺吐出最後一口氣時，儀器上的心跳頻率也變成一條直線。

蔡羅慈的身體生機已斷，而蔡柏婷坐在醫院的椅子上，等待著醫生來宣布那個消息。

「很遺憾……」

醫生像在水中說話，隆隆的水鳴聲跟氣泡聲淹過耳邊，唯獨一些關鍵字在水中飄盪。殯葬、簽名，醫生說的話都聽不清楚，只有幾個字詞讓蔡柏婷有反應。

她的遲鈍反應在醫生眼中很正常，面對親人的死亡，有些人會精神恍惚也是可以理解的，醫生只以為眼前的女生跟死者感情很深重。

「接下來呢？」

蔡柏婷被醫生領去櫃檯簽名，拿各種文件去領遺體。

她看著蔡羅慈蓋上白布被送走，終於在心裡微笑，如果不是旁邊有人，她肯定會笑出聲。

蔡柏婷踏出電梯時，跟楊雅晴和林羽田錯身而過。

兩人是來醫院檢查身體的，尤其是楊雅晴先摔到海中，所以一換好衣服就被林羽田帶來醫院了。

「我真的沒事啦！」

雖然摔了那一下，還差點溺水窒息，但她沒有什麼受傷的感覺。

林羽田還是有些不安，「還是去看一下吧。」

她們穿過醫院大門時，一陣強風吹過她，黑髮上的丹百合花瓣就這樣被吹到了地上，又被越吹越遠。

剛踏進電梯，楊雅晴就忍不住用鼻子聞了一下，「這個味道……好像丹百合。」

電梯裡有濃郁的花香，剛經歷過事件，她當然記得這個味道，更何況這氣味濃郁到像曾經放了上百朵花。

林羽田歪頭想了想，「我們先去掛號吧。」她覺得楊雅晴的身體比較重要。

電梯裡只有兩人，楊雅晴看著電梯的樓層上升，兩個人都安靜地等著。

「羽田。」

「……」林羽田沒有說話。

「羽田？林、羽、田。」楊雅晴故意又重複一次。

「怎麼了？」林羽田不解。

電梯發出到達的聲音，並且緩緩打開門，楊雅晴說：「我想起來了，幼稚園的事情。」

她踏出電梯。

電梯門闔上的那一刻，林羽田冷靜的表情破裂。

她臉紅驚訝地看著自己的樣子，讓楊雅晴覺得特別有趣。

※

自從蔡羅慈斷氣的那一刻起，花香就一直存在醫院裡。

蔡柏婷正在填寫一些文件，或許是對新的人生感到太興奮，她連手都在顫抖。

身後有個病人打了噴嚏，但這不影響她的好心情。

但就在她填完將屍體送往殯儀館的文件時，手上的筆卻突然摔在桌上。

她發現自己開始不可自控地發抖、耳鳴，甚至不太能看清前面，之後雙腿發軟到跌坐在地，最後整個肢體扭曲起來。抽筋跟疼痛襲捲全身，喉嚨也無法發出聲音。

為什麼會這樣？

她覺得自己的健康正在快速流逝，力氣像瞬間被抽乾了。她倒在醫院的地上，聽到護理站在呼叫醫師。

頭痛、身體痛、腦袋裡嗡嗚作響，痛苦甚至跟著血液在血管裡穿梭。

「痛……」她只能沙啞地說出這個字。

接著巨大的疼痛重擊了身體，意識也被狠狠捶入黑暗中。

在她的意識抽離前，最後想起的事情，是蔡羅慈虛弱地躺在擔架上，拉著自己時身體孱弱衰敗的模樣，以及那雙閃著精光的雙眼。

「我是……為妳好。」

嘶啞卻固執得讓人害怕，話中的意思甚至讓人心中一寒。

蔡柏婷拒絕去想那句話的涵義，意識陷入了黑暗之中。

再次醒來時，她身邊多了好多儀器，她痛苦地想直起身，「我……好痛！」

全身上下不時傳來不明原因的疼痛，老公……不對，現在要叫爸爸的人將她扶起來。

「柏婷！」蔡爸爸按下緊急呼叫鈴。

「三號床醒了！」

護士說完，一個醫師模樣的人過來。

「蔡小姐，妳聽得到我說話嗎？」

蔡柏婷忍著身體疼痛點頭。

「妳患了罕見的……症狀，之後沒辦法走路，食物也不能……」醫生對旁邊的人交代。

蔡柏婷僵硬地坐在病床上，強烈的疼痛像海浪拍打著她，她甚至無法聽清醫生說的話。

不久後，她在家人的攙扶下艱難地坐上輪椅，被推到醫院的某處。

她現在病情嚴重到需要住院。自己女兒竟然做這樣種事，讓自己陷入這樣的境地！她憤恨地看著鏡子，除了臉沒有問題，所有手、腳都莫名產生病變，終身都要坐輪椅。

在清醒前，她昏睡了六個小時，在這期間，她看到了一些真相。

當她不停對神明祈求，希望女兒去考公職時，女兒也不斷地祈求不要考公職，而這兩個可以說是相反的兩個願望，卻都被那位神明實現了，並且拿走兩人的健康當代價。

所以她以為可以取代女兒的人生，實際上是拿到一個已經被獻祭的破爛身體。

她終於搞懂女兒在臨死前抓住自己，說出那句話的意思了。

為、妳、好！

——妳毀掉我的計畫，還有臉說是為我好？

這憤恨的念頭浮現，她才真正意識到，這就是女兒最後的願望：要母親也體驗同樣的痛苦。

恐慌症已經深紮於這具殘軀，她只要一激動就會發抖冒汗，激動的情緒催動身體的各種分泌，超過負荷就會導致癱軟無力。

她回家對保險櫃內的神明祈求，因為她不想被困在這具爛身體裡。

但神明不再回應她，她只能坐在輪椅上，生氣地捶打自己無力的身體。

尾聲

確定身上的傷口都被治療完，楊雅晴帶著包著繃帶的手，和林羽田回到調查中心。

在辦公室內，楊雅晴壞笑地說：「小田，幫我開飲料。」。

林羽田驚跳起來，臉紅地去拿飲料。

誰都看出來林羽田對楊雅晴的反應很大，Pink 抱著手靠在門口，「我是不是打擾了妳們小倆口，要不要先出去？」

「不用。」

林羽田瞪了他一眼，拿出吸管插入飲料，拿到楊雅晴嘴邊。

「我救了妳們耶！」Pink 拿了一份報告放在桌上，「警局的資料。」

「謝謝你讓我們摔下去喔！」林羽田沒好氣地說。

她差點跟楊雅晴掉到海裡溺死，況且她手上還有傷，萬一細菌感染之類的，她可會心疼死！

楊雅晴喝一口飲料後放到旁邊。雖然逗林羽田很有趣，尤其在醫院時，她因為自己的一句話呆住，到電梯門關上都沒有動彈。最後電梯關門下樓，她則從緊急樓梯衝上來。

那個樣子非常驚慌可愛。楊雅晴有點壞心地想，終於看到林羽田不冷靜的樣子了。

「來吧！把事情整理一下。」多恩說。

「對了，你們怎麼會找來？」楊雅晴不解，因為她的同事們應該不太會出門。

愛妮莎回答：「妳不是傳了合照？我把照片拿去掃描，發現除了旅行團的人以外，其他村民裡居然有殯儀館或停屍間記錄過的面孔。」

當時她也嚇了一跳，原本只是想要搜尋旅行團的幾個人，卻意外發現後面走動的路人都已經死亡了。

「是高文樹把那些屍體搬過來的？」林羽田皺眉，「不對，應該只是招魂。」

「他怎麼招魂？」楊雅晴不太懂高文樹是怎麼做到的。

林羽田解釋，「應該借用伊瑪哈惑的力量，把其他人的魂魄招來使用，所以蛋捲才不讓我拍其他人的肩膀。」

她唯一一次差點碰到那些村民的肩膀時，被蛋捲跳出來阻止了。

以林羽田搜捕鬼魂的經驗，她若能碰到對方，馬上就會發現到對方不對勁。

楊雅晴想通後，打字記錄下來，然後又問愛妮莎：「所以蛋捲真的死了？」

愛妮莎點頭，「對，我在找資料時，發現夏丹娟已經是登記過資料的死者了。她最後的資料顯示她懷孕過，但之後就沒有下文，應該是死亡了。」

「高文樹能讓她的屍體不腐壞，而且可以離開村子，因為要招攬參加旅行團的人。」林羽田補充說明。

楊雅晴泛起一陣雞皮疙瘩，她們又是跟死者混在一起而不自知。

「可是她怎麼有辦法隱藏？我是說，不會有屍臭之類的嗎？」楊雅晴感到困惑。

「她塗的東西裡有防腐劑，而且添加了能掩蓋屍臭的香料。」多恩拿出化驗的報告，「還有一些法力的殘留，應該是高文樹給她的祕方。」

愛妮莎拿著資料說：「夏丹娟其實是高文樹的妻子，當年重病時，透過高文樹對伊瑪哈惑祈求，希望活到養育孩子長大，但是高文樹把孩子藏起來，告訴她如果她不配合騙人來部落，就不給她看孩子。」

「那個孩子……警察有救到嗎？」楊雅晴不安地問。

Pink 搖頭，「孩子已經走了，她的生命是靠著高文樹的祈禱才延長的。」

看到楊雅晴有些難過，**Pink** 很冷靜地續道：「不過這樣也好，那孩子原本就是罕病兒，被高文樹這樣一搞，其實根本沒有生存希望。我們已經送她們去地府了，下輩子還有當母女的機會。」

楊雅晴沒有 **Pink** 的豁達，但也只能將這件事紀錄到報告中。

「高文樹呢？」林羽田轉移話題。

「他就很精彩了。」

愛妮莎調出資料庫的內容，他們終於搞懂高文樹想做的祭典了。

「首先，高文樹是夏爾族，但是往上追溯確實有可能有伊瑪哈惑的血統。」愛妮莎調出他的社群帳號。

「他第一次對伊瑪哈惑祈禱，是在高中時希望長高，而伊瑪哈惑也教了他『交換』的方法。」

楊雅晴一邊紀錄著內容，「這樣說來，伊瑪哈惑是邪惡的嗎？」

林羽田打斷她，「不是的，我被附身時看到了一些事情。」

她說出自己跟那個人的交流。

「伊瑪哈惑，原本是原住民部落中一個只有女人的社群，她們住在一個離島上自給自足，但當時臺灣的男性太多，被稱作『羅漢腳』的一群人盯上她們，想要將女人社的人綁出來，當成奴隸或者洩慾的工具。而且他們計畫得非常詳盡，還聯絡了一些其他部落的人，佯裝成交流，騙了女人社的主要成員，讓她們連魔法都來不及施展就死了。」

女人社就這樣一夜消失，有些人抵抗而死，有些被強暴後囚禁在後宅，也有人被賣到妓院、脖子鎖上鍊子，被折磨至死。

對她們而言，是這些人打擾了平靜的生活，將原本自由的她們拖入地獄，所以最後生存的女祭司用自己的命做為交換，求自己的祖靈下咒：只要女人用丹百合祈求，必定有求必應！

原本女人社的祭司是好意，只要女人們祈求想逃離就可以真的逃離。

但是那些人知道了咒的方法，反過來利用這個咒。他們一代代保留了詛咒的方法，然後去外面想辦法監禁女人，用侮辱、欺騙、威脅的方式，或者軟性哄騙逼那些女人為自己許願。

例如蔡羅慈跟蔡柏婷的交換靈魂，就是蔡羅慈答應替高文樹祈求，才能完成這項交易。

「所以這個咒，只有女生祈求才有用？」楊雅晴不解，居然有這種性別為主的魔法。

「對，高文樹找其他人冥想只是他的障眼法，他需要的是女生們祈求。」林羽田說：「為了降低我們的戒心，除了反覆建立冥想的習慣，他也透過地震讓我們相信祈求有用。」

伊瑪哈惑給她看到的內容不是文字，是親眼所見的畫面，所以她也跟著一起憤怒，甚至在那個懸崖上，有一瞬間她真的想讓那個人將自己獻祭，但幸好楊雅晴阻止了她。

如果她們只是普通的旅客，可能真的會讓高文樹得逞。

楊雅晴感到一陣害怕湧上心頭，如果不是林羽田一直保持著警覺，她恐怕真的會淪為祭品，

「說到蔡羅慈，她們真的交換了靈魂嗎？」

林羽田說：「是，透過伊瑪哈惑的魔法，因為她們付出了相應的代價。」

「是什麼代價？」楊雅晴問。

這時，特林沙走進來說：「蔡羅慈用健康、運數當代價，不停跟柏婷交換身體去考試，前後幾十次下來，當然都被揮霍光了。」

她背後居然站著蔡柏婷！楊雅晴驚訝之餘，注意到蔡柏婷的身影有點透明，這表示特林沙帶來的是蔡柏婷的魂魄。

講到蔡羅慈的下場，蔡柏婷居然在冷笑，看到這一幕的楊雅晴忍不住想，蔡柏婷是不是很恨自己的媽媽？

為什麼原本應該最溫暖的親情，會變成這樣敵對的角色？

特林沙看著蔡柏婷說：「妳是當事人，妳說吧。」

蔡柏婷點點頭，開口：「我媽一直逼我去考試，但我真的不想。為了達到目的，她跟高文樹求了一尊神像，早晚都去祈禱，並用自己的健康當代價，請神明交換我們的靈魂。」

「所以我在遊樂場聽到妳們吵架的聲音……」楊雅晴遲疑地提起。

「當時我們交換了靈魂，因為她亂報名這個旅行團，我根本就不想參加。」蔡柏婷想到自己被打後只能戴著口罩上車，屈辱的情緒讓她的靈體有些黑化。

特林沙按住她的肩膀提醒，「先講妳身體的事情吧。」

蔡柏婷冷笑著說：「我媽不知道的是，我也拚命祈求不要考試，神明也收下了我的健康當代價。而每次考試的時候，我都不會記得內容。」

「所以妳不記得的時候，就是妳媽跟妳交換靈魂去考試？」楊雅晴又問。

「對，我媽可是一心要我當上公務員呢！」蔡柏婷的臉上帶有嘲諷跟恨意，「她達到她的願望了，就是考上公務員，無止盡地控制我的人生。」

蔡羅慈沒有上限地想要控制她，蔡柏婷也開始拋棄自己對人生的控制，此消彼長間，兩人的關係也越來越扭曲。

楊雅晴覺得事情開始不正常，「但這是妳的人生吧？妳不能拒絕嗎？」

「我……」蔡柏婷沉默了一下才開口：「你們不懂，我媽曾經是很好的人，她很辛苦……」在蔡柏婷的記憶裡，母親過去溫柔慈祥的模樣，是她最柔軟美好的記憶，也是她順從母親的開端，她總是覺得不可以讓母親失望，不可以讓母親不開心。

「可是現在變成這樣，我好累，她想拿走我的人生，那就給她吧。」

蔡柏婷沒有多做解釋，只是想到出生是母親給了她生命，那把生命還給母親，或許也不錯吧？

特林沙：「蔡羅慈為了達到自己的目的，盡情揮霍自己的健康，但柏婷也想要擺脫考試，所以也一直許願。最後蔡羅慈取代柏婷時，換到的就是一具更淒慘的身體，也算是她的報應吧。」

「所以這也是高文樹的計畫嗎？」楊雅晴問。

「應該是夏丹娟的計畫，之後讓交換身體後的兩人祈禱也只是順便。」林羽田想了想，說：

「但蔡羅慈想再換回身體是不可能了，因為伊瑪哈惑用高文樹的靈魂解除詛咒，高文樹沒有任何力量，所以蔡羅慈信奉的神明已經無法回應她了。」

「對了，趙問言呢？」楊雅晴問。

「他做完筆錄就離開了。」林羽田說。

「可是他不是做直銷的嗎？」

「警方會調查的，這次主要的是命案，直銷的部分算民事。不會一起處理。」林羽田說。

「差不多了。」特林沙看著報告，「這次的事件由妳命名吧！」

會議結束，楊雅晴做完所有紀錄，打上最後一個句號。

她原本打的標題是「丹百合」，畢竟這一切都是從丹百合開始的，但她想了想，還是改了標題。

「這個標題比較有趣。」

多恩笑了笑，拍拍林羽田的肩膀就出去了。

林羽田看到標題欄上，寫著「為你好」三個字。

※

晚上，兩人一起搭公車，然後一起去吃飯，之後走回公寓。

跟上次事件反過來，林羽田小心翼翼地顧著楊雅晴，兩人併著肩走，馬路上只有夜燈。

楊雅晴回想到她下的事件名稱。

其實林羽田對她隱瞞真相，也是一種「為你好」的行為，唯一不同的是，林羽田並沒有以自己做的事情要求對方報恩，甚至希望她不要想起來。

「其實我剛剛回想了一下，我們第一天的祈願好像有實現，妳還記得嗎？」楊雅晴說：「當時我想要知道過去，後來我真的有想起來，只是那時候喝醉又忘記了，才以為沒有實現。」

林羽田抿唇。那天她的祈願是想更靠近楊雅晴一點，之後她也跟楊雅晴更靠近了幾次。

「但今天在海裡，我看到妳過來就想起來了！」

那段幼稚園的時光。

『……爭鬥不適合妳，我希望妳的人生天天都是晴天。』

然後就是轟天的雷鳴。響雷劈上她們旁邊的樹，而楊雅晴最害怕打雷，所以聽到雷聲，她趕緊摀住耳朵，那個女孩看到則衝過來抱住她。

那個女孩抱著她時，她覺得女孩如同天使，但飛揚的黑色長髮又如漆黑的羽翼，垂在自己的臉前。

就像今天在海中，她看到林羽田朝她游來的樣子。

「羽田，謝謝妳。」楊雅晴真心地道謝，她很幸運有一個人，可以這樣對自己好。

林羽田卻緊緊盯著她，開口：「我……」

突然，地面開始搖晃，強烈的地震使電線杆都在晃動。楊雅晴看著周圍的建築，用沒受傷的手拉林羽田到空曠的位置。

地面搖晃一下就停了，但當林羽田想要開口時，地面又搖了起來。

這晚，地震持續了一夜，之後兩人被叫到地府犯罪調查中心。

楊雅晴剛推開門想提問，一個跟自己年齡相仿的女生就馬上撲過來。

「糖糖！」

楊雅晴嚇得往旁邊一閃，發現那個女生親密地抱著林羽田，態度親熱地喊著林羽田的綽號，「糖糖，人家好想妳喔！」

「白菱綺，妳給我滾！」

林羽田煩躁地推開來人，但對方動作更靈巧地再次撲過來。

聽到林羽田可以叫出對方的名字，楊雅晴感覺有些訝異，「羽田，這位是？」

「認識的人。」

林羽田冷著臉把手從白菱綺的臂彎裡抽出來，緊緊貼著楊雅晴。

「糖糖，妳一聲不吭就跑來臺灣，哼！真是顆壞糖果！」白菱綺不高興地看著楊雅晴，「就是妳讓我的糖糖變得不好吃的嗎？」

「妳為什麼要叫羽田糖糖？」楊雅晴好奇地問。

「因為小田甜甜的，甜的東西就是糖果啊！」白菱綺理所當然地說。

楊雅晴接受了這個說法，身邊同事異於常人，就算多個電波少女也不奇怪，反正原本就沒有正常這件事。

「都進來說吧！」特林沙把她們叫進來。

楊雅晴看到這個人這麼黏林羽田，甚至有點不高興地看著自己，就覺得很詭異，「白小姐，妳為什麼要這樣看我？」

「妳就是糖糖心裡的那個未婚……」

「不要亂說！」林羽田少有地打斷別人說話，還扯著楊雅晴往會議室走，「她就是瘋瘋的，不要理她！」

「喂！是妳說有未婚妻我才放過妳的耶。」

楊雅晴有點臉紅，因為那個「未婚妻」的意思跟她想的一樣嗎？

三人剛推開會議室的門，就看到特林沙跟一個青年在聊天。林羽田明顯僵硬起來，令楊雅晴有點疑惑，沒想到林羽田也有這麼緊繃的時候，然後她才後知後覺地想到，這大概表示眼前的青年大有來頭？

「你們好，我是林羽炎。」對方有禮地說完，接著盯著楊雅晴。

楊雅晴也回望著青年。這是林羽田的哥哥？

「哥，你怎麼過來了？」林羽田開口說。

「是關於地震的事情，不過白家也來找地府調查中心，倒是滿有趣的。」

林羽炎微笑地看著白菱綺，白菱綺也絲毫不怕地盯著他，「我的長官也對此次地震有疑問，所以才派我過來，順便找小糖果啊！」

長官？楊雅晴不解，這位白菱綺難道是什麼單位派來的？

「雅晴還不太知道吧？這位是白家的，而林家，也就是羽田的哥哥，他們都是代表某些人過來調查最近的地震的。」愛妮莎說。

「地震為什麼需要調查？」楊雅晴不解，那不是自然現象嗎？

「我們發現地震是某種力量引起的，而且據特林沙小姐所說，那是在妳們解決了某個事件後才開始的。」林羽炎認真地說：「這個地震好像喚醒了什麼東西，只是我們林家還調查不到那究竟是什麼。」

林羽田低頭想了想，「難道是伊瑪哈惑的關係？」

她拿出報告，推給自己哥哥。

既然家族會派哥哥過來，就表示事情真的很麻煩，畢竟家主都親自過來了。

其他同事也都來到會議室，特林沙對大家露出神祕的笑容說：

「關於這件事，我們有很多事情要聊。」

番外篇　伊瑪哈惑

「……她們驍勇善戰又厭惡男人，並且住在深山裡，這就是傳說中的女人社。」一個穿著紅色花紋背心的女人說。

躺在床邊的女孩穿著洋式剪裁的睡衣，烏黑的眼睛中絲毫沒有睡意，「阿嬸，妳想回山上嗎？」

「我嫁給妳叔，就應該跟從。」

被叫做阿嬸的女人，其實是山中小部落的頭目女兒，為了山上與山下的交流，嫁給平地人通婚。她嫁的是個大家族，每個人都有自己的工作，而她負責照顧的女孩是葉家珍貴的千金，葉英玉。

「為什麼會有女人社啊？」

葉英玉很好奇，她從沒遇過有人穿的衣服跟阿嬸一樣，也不知道在山裡沒有水缸要怎麼喝水吃飯，更好奇那群人是怎麼跟自己的家族接觸的。

「先睡吧！明天再繼續說。」阿嬸把旁邊的煤油燈熄滅。

「阿嬸，晚安。」

阿嬸拍拍她的額頭，她因為山地人的身分，在這個家族不受待見，也只有葉英玉這樣還不懂事的晚輩不會畏懼她的膚色跟口音。

她關燈掩上門，跟廚房的人打招呼卻被視而不見。她回到自己的房裡，丈夫這幾日要去繳租，所以房裡只有她一個人。

她偷偷拿棉被摀著嘴，小小聲地唱著族裡的歌謠。

她當然想念自己的家，可是母親、族人交代她不可以回去，她也只能乖乖待在這個大宅。還好夫君不會動手，一生也就只能這樣了。

早上，葉英玉起來後就要開始學習，中午吃飯後小睡一下，接著繼續上課，她還要學習說英文跟才藝，直到晚上才有空休息。她的嬸嬸就陪在旁邊陪讀，不過這緊湊的日常並不是她壓力最大的時候。

「妳說什麼？沒有錢？下面多少人在等……」

「官租的田地這麼貴……」

「你不要講那些藉口！我當初瞎了眼才會嫁到你們葉家……」

「妳說什麼……」

葉英玉躲在練琴的房間裡，即使關上厚重的門，父母吵架的聲音還是會透過來，這時她就會拚命彈鋼琴，想壓過那些可怕的聲音，阿嬸也在房間裡陪她。

五年後，葉英玉反而成為對田租最了解的人。

他們葉家算是大佃戶，每個月佃農會繳費給佃戶，而葉家必須去佃戶收租並繳錢給官員，繳完剩下的才是真正的收益。

但有些佃戶會私藏東西或者欺負佃農，葉家男人不好直接翻查，又會搞到收不到田租，反而是葉英玉可以利用女人的心眼或關係，幾次救出了被拐賣的小孩，後來葉家主更直接把收租的事情交給二房，也就是她爹。

葉英玉也就暫時接下這個工作，但這幾年，她的婚齡已到，母親越來越反對她出門，她被關在房間內也很無奈。

翻開鋼琴的琴蓋，她忍不住用彈琴抗議，卻沒發現窗外有一雙眼睛正看著她。

※

她是部落首領的女兒，一出生就是貴族，也和族內的勇士一起學習跟狩獵。

但是直到快要成年她才知道，原來外面的世界不像她的部落，有另一種叫男人的性別。

跟隨首領下山後，她覺得好奇怪，那些男人居然取代了女人，而女人們被關在房間裡面。

看著她們平靜的表情，她覺得男人好可怕，女人原本是勇士、祭司、編織者，但山下的女人卻成為了男人圈養的畜類。

餓了不能自己找吃的，不能高歌自由，她們居然還覺得正常？

這時，她聽到了奇特的樂音，她從沒聽過這樣的音樂。

她脫隊過去看，看到一個被關在房間內的女人，穿著平地人的衣服彈奏她不懂的樂器，但她的表情卻讓人深感共鳴。

那是想要衝破這個四方之室的表情，也讓她覺得這樣的表情才是她認知的人。

她有趣地觀察著這個人，卻被其他同伴拽走。

「山下的人很陰險，要小心。」母親警告她。

她點頭跟著族人回到山上，但是那張臉跟樂音卻始終縈繞在她心裡。

原本以為此生都沒有機會再遇到她了，但是族人抓到了幾個偷渡者，而偷渡者的車內就有那個人跟幾個昏迷的孩子。

因為即將大雪封山，而且那些人都昏迷不醒，她就把那個人帶到她的小屋。

祭司對她的行為沒有阻撓，因此她理所當然地把人留在屋裡。

下午她就轉醒了，驚恐地看著周圍。

「這裡是哪裡？妳們又是誰？」葉英玉對著周圍喊，拔出藏著的小刀指著周圍。

一群深色膚色的原住民圍住她。儘管聽過阿嬸講的事情，但是真的看到時她還是很害怕，而且這群人看到她拿刀，其他人也拿出刀子，直到一個人排眾而出。

葉英玉發現這個人的服飾特別華麗，應該是部落貴族。

她只會阿嬸教她的一句：「阿娜安？」

對方因為這句話，露出開心的樣子，對她說了一大堆，她卻更加害怕，「我聽不懂……」

對方越來越靠近她，她緊張地一揮，對方的肩膀見了血，但還是繼續靠近她。

「不要過來！」葉玉英把孩子護在自己身後。

「妳……別緊張！」一旁的女祭司開口。

這次換葉玉英說：「妳會說客語，拜託妳跟她說，我要回家，這些孩子也要送回去！」

被拉住的女祭司也一臉為難，只能指著外面用簡短的客語說：「下雪，不行！」

這兩句話讓葉玉英聽懂了，她看外面飄著雪，只好強壓下恐懼站在旁邊。幸好對方並沒有綁住他們，把她們拉去賣掉的可能性應該不高，只是留著她們這一群婦幼增加糧食壓力，對這群人有什麼好處？

她看著那幾個孩子，光是面相跟衣著都不是同一個階層，她自己也是被學生叫到暗巷，就被人迷暈帶走了。

當年她年屆婚齡，可是父母左挑右選、最後定好的丈夫卻因為陷入械鬥混亂而死，所以她未過門就已經是寡婦，最後乾脆去學堂當音樂老師，結果卻被人綁到這裡。

想到這裡，她突然很疑惑，那些人是把自己賣到這裡了嗎？

肩膀突然被人扣住，她嚇了一跳但馬上被按住，一塊肉被塞到她的面前。

「等等！這是什麼……」她吃下去了！

幸好只是一塊烤熟的肉，旁邊還有飯糰，她拿來咬一口，發現這飯糰還挺好吃的？

等等，山上怎麼有辦法種稻米？

她拿著手上的飯糰，看到那個頭目模樣的人，想到語言不通，但對方把飯糰分給那些孩子，她才漸漸放下心來。

外面下著大雪，她如果帶著孩子逃跑，在下雪的森林中迷路恐怕會送命，看來只能先聽從眼前人的話了。

對方把吃的分給她後，坐到她旁邊，這時她才發現這個人居然是女人。想到跟自己同性別，她又放心了一點。

對方指著自己，說了一句話，「我，伊瑪哈惑。」

葉英玉卻驚訝地重複：「女人社？」她居然在傳說的部落裡？

對方對她露齒一笑，她也聽過山下的人說自己是女人社。

葉英玉不知道自己哪來的勇氣，居然直接抱起旁邊的小女孩遞過去。

只見對方開心地要接，然後她放下女孩，抱起旁邊的男孩，對方馬上皺眉退開……

有點好笑，但也證實了這真的是只有女人的部落。

反正沒有退路了，她就在雪山中留下。

經過幾個月的時間，她搞懂了對方的名字叫阿洛雅，她可以跟阿洛雅日常對話。除了特定的詞語跟禁忌不能探知，其他生活對話倒是可以對答如流。

能溝通後，她才清楚阿洛雅是首領的女兒，明年的祭典她會參加成年考試，如果成功成為勇士就可以繼承首領的位置。

女人社極度不歡迎男性，原本的社址也不在雪山上，是有天漢人跟其他社的人來強奪婦女，社內的男人卻沒有出手保護自己社內的婦女，因此女人們自己想辦法奪刀拚殺，最後剩餘的人才躲進深山。

從此她們不相信男人，甚至認為男性器官是一種畸形，因為本身的罪惡才會性器官外顯。

「那妳們怎麼有孩子？」葉英玉不解地問。

「祭司跟首領會決定生孩子的人，這樣食物剛剛好。」阿洛雅理所當然地說。

阿洛雅看著葉英玉，儘管穿著她們族內的服飾，但是天生的膚色還是不同。葉英玉的手上也有握筆的繭，跟自己拿武器的繭不同。

實際上，她希望葉英玉留下來，想要她留在自己的小屋中。

葉英玉被阿洛雅盯到臉紅。

在她眼中，阿洛雅是俊俏好看的，黝黑的膚色充滿生命力，烏黑的眼睛裝滿了情感，她對事物總是大膽而好奇，跟她遇過的官眷小姐完全不同。

她意識到，陽剛不是男人的專屬形容詞。

在女人社待得越久，她越覺得女人也堅強韌性，絕對不是男人口中的卑弱，她有點喜歡這個地方。

但是隨著積雪融化，她還是提出了回家的要求，女祭司沒有阻止她，甚至請她幫部落說話。可是時局很敏感，她也只能說會盡力。

她帶著那些被綁架的孩子，由阿洛雅送她到山下。下坡的路不好走，她小心地踏出每一步，但還是有踩空的時候。就在她以為自己要跌倒時，阿洛雅拉住她，心裡有個念頭像被扯了出來。

她內心慌亂緊張，站好後想要放手，但阿洛雅沒有放開她，就這樣牽著她的手，一起走到山下。

她以前不是沒跟朋友牽過手，但唯獨這次，她心慌了。她從溪水的倒影看到自己臉紅了，也不知道自己為什麼會這樣。

她們不應該有任何交集……

還沒想清楚時，阿洛雅停下腳步。葉英玉剛要開口道別，卻看到阿洛雅把脖子上的項鍊戴到自己身上。

「來年，取回。」阿洛雅看著葉英玉說。

葉英玉看著這個項鍊，這是阿洛雅第一次獵到的獵物獠牙，也是她身分的象徵，更是其他部落看到也要讓步的通行證。

「這太貴重了！」

她想把項鍊拿下來，卻被阿洛雅扣住手，然後傾身親了自己一口。

她愣住了。

那一吻像是親在她的心湖，內心最幽微黑暗的角落起了漣漪。明明是同性，卻心動得慌亂。

葉英玉心裡有個隱密、不願被人發現的祕密——她偷偷喜歡上了這個救了自己的人。

她看著阿洛雅的眼睛，那滿是愛意的眼神，讓她不知道該不該回應。

遠處突然響起鐘聲，打斷了兩人的對視，葉英玉還是退了一步，轉身牽起孩子們走進村莊。

把孩子們帶回來讓她的名聲大好，但是在葉宅，她卻被罰跪在祖宗牌位前。

「消失好幾個月，妳的名聲毀了知道嗎？」

父親拿著棍子打她，之後讓她去罰跪。晚上，母親帶著食物過來，卻站得很遠。

「就算妳說在山上，這種話誰會信？」

「下雪下山會凍死，到時母親只能見到女兒的屍首。」她平靜地說。

「妳現在是為了山裡的野番不要父母嗎？」母親驚怒。

「她們不是番！」她忍不住想為阿洛雅辯駁：「她們有自己的祖先、文化跟獵場……」

「那又跟妳有什麼關係？」母親不高興地問，然後似乎想到了什麼，「難道妳已經……」她伸手要掀開葉英玉的衣服。

「她們都是女的！沒有……還在室……」葉英玉有些惱怒，但也不好抵抗。

「那就好，明天妳就回邱家吧！妳終究得嫁過去的……」

「我失蹤了幾個月，娘家還願意找我，邱家卻沒有，而且當初我是被人騙出去綁走的……」

葉英玉還想解釋，母親卻把茶水杯摔了出去，「我不想知道！」

「媽？」

「總之妳就回去當妳的音樂老師，不要讓娘家丟臉。」

母親關上了門，她也跪到天亮，之後回到邱家。

但是學校辭退了她，邱家也將她趕了出去，她只好又回到葉家。只是回去後，親戚也不敢跟她打招呼了，她徹底孤身一人。

五月，天氣回暖，油桐花開，遠看像是下了一樹的雪。白色的花隨風飄散，葉英玉站在走廊，只伸手就能接住一小瓣，卻又隨風離去，落在地上恍如雪景。

她看著遠處有些恍然，現在山上還是涼冷的吧？

不曉得阿洛雅的祭典如何，但是按照她矯健的身手，應該沒問題吧？只是可惜，她是不可能去祭典了，那些語言跟記憶也只能偷偷地埋在心裡。她已經很任性了，再開口說要去山上，父親恐怕會打斷她的腿，況且她一個外人，又有什麼資格參加人家的祭典？

「那不是我該去的。」

她輕聲警告自己，那蠢蠢欲動的衝動會害死自己。

她只是握著阿洛雅給她的項鍊，把那份思念死死按在心裡。

但是某天，她的項鍊不見了，之後父親拿著項鍊質問她，並命令家丁打她。

那一刻她覺得心好冷，她突然懂了女祭司說的，女人長大時，會先墜落到山谷，然後慢慢爬上來。

母親再次深夜來找她，只是嘆息一聲沒有說話，她疑惑地倒水喝，卻意外聞到水中的異味。

茶葉一般都會經過加熱，水中卻有種草木的清苦，她聞到後苦笑，終究還是到了這一步。

已經壞了名聲的女兒，對氏族而言是恥辱，更何況她是躲在山上的部落裡，想再嫁也沒有人會要，更不可能讓她賣身，養著又浪費糧食。

所以只有一條路，這條路的盡頭是死亡。

她看著茶杯嘆息後，一飲而盡。

死了就清靜了，對邱家、葉家都是好事，誰叫她太堅韌、太厚臉皮地活著。

喝下茶水後，她感到劇烈的疼痛就暈過去了。

——卻沒有想到還能醒來，她還有機會可以看到這樣的畫面。

抬頭是一望無際的星空，沒有房屋的邊角，耳邊是蟲鳴跟濕冷的氣溫。

「好美……嘔！」

葉英玉說了幾句就不客氣地吐了出來。

阿洛雅感覺到背後一陣濕熱，「阿玉，妳，衣服，負責。」她冷冷地說。

葉英玉摀著嘴，「抱歉……我……」

她強逼自己不要再吐出來，阿洛雅卻把她放到溪邊，讓她一口氣吐個痛快。

吐完，兩人乾脆用溪水洗乾淨，在等衣服乾時，她才有空問阿洛雅：「妳怎麼跑來了？」

阿洛雅指著她的脖子，用族語說：「騙子！」

葉英玉拿起項鍊要還給阿洛雅，卻被她拒絕了，她盡量用阿洛雅知道的內容解釋：「家人丟臉，不准我出去，抱歉。」

沒有機會看到阿洛雅比賽，她也覺得很可惜。

阿洛雅生氣地嘟嘴，讓葉玉英覺得有趣，湊過去戳了戳她的臉，卻被她抓住。

兩人對視著，阿洛雅在不知不覺間越靠越近。

但遠處傳來人聲，是阿洛雅的族人過來找她了。

葉英玉以為阿洛雅會放手，她卻直接親了她。她沒想到阿洛雅會這麼大膽，頂著其他族人意味深長的眼神，葉英玉感覺自己臉紅到像隻煮熟的蝦子。

後來她才知道，女人社會接收其他族群的女人，需要增加人口時也會派人去山下跟其他部落交流，但是不允許男孩留下，也有找同性作伴的型態。

她留在這個部族裡，甚至成了部落的祭司之一。

當時，她跟阿洛雅經常在山中開滿百合的幽谷一起漫步，後來葉家跟阿洛雅的族人租了田地耕種，也是由她從中牽線。

但她不知道多年之後，阿洛雅跟她，還有女人社的族人，從此隨著丹百合消失了。

——地府犯罪調查中心系列《為你好》完，下集待續——

高寶書版集團
gobooks.com.tw

GSL007
地府犯罪調查中心 2st Case 為你好

作　　者　馥閒庭
繪　　者　Cola Chen
編　　輯　陳凱筠
美術編輯　林檎
排　　版　彭立瑋
企　　劃　李欣霓

發 行 人　朱凱蕾
出　　版　三日月書版股份有限公司
　　　　　Mikazuki Publishing Co., Ltd.
地　　址　臺北市內湖區洲子街 88 號 3 樓
網　　址　www.gobooks.com.tw
電　　話　(02) 27992788
電　　郵　readers@gobooks.com.tw（讀者服務部）
傳　　真　出版部　(02) 27990909　行銷部 (02) 27993088
郵政劃撥　19394552
戶　　名　英屬維京群島商高寶國際有限公司臺灣分公司
發　　行　英屬維京群島商高寶國際有限公司臺灣分公司
初版日期　2023 年 4 月

國家圖書館出版品預行編目 (CIP) 資料

地府犯罪調查中心 . 2, 為你好 / 馥閒庭著 . -- 初版 . -- 臺北市：三日月書版股份有限公司出版：英屬維京群島商高寶國際有限公司台灣分公司發行 , 2023.04
　面；　公分 . --

ISBN 978-626-7152-63-8(第 2 冊：平裝)

863.57　　　　112002445

三日月書版

三日月書版